黒猫紳士と癒しのハーブ使い

高原いちか

ILLUSTRATION：古澤エノ

黒猫紳士と癒しのハーブ使い

LYNX ROMANCE

CONTENTS

黒猫紳士と
癒しのハーブ使い

曇天のその日、青砥(あおと)エリヤは路傍にどさりと座り込みながら、天を仰いで「ああ〜！」と思いきり嘆息した。

「おなかすいた〜！」

道行くロンドン市民たちが、聞き慣れない日本語の叫びに、一瞬、何事かと視線を寄越し、次の瞬間には関心を失って足早に去って行く。食い詰めた移民の姿など、さして珍しくもないのだろう。

春の遅いロンドンの空は、どんよりと重苦しい。おまけにエリヤがへたり込んだそこは、お世辞にも品がいいとは言えない場所だった。やたらにゴミが散乱し、壁は落書きで汚れ、どこもかしこも煤(すす)色に汚れている。向かいの石段で丸くなっている男はどう見てもホームレスだし、さっき壁伝いにさっと走って行ったのは、ドブネズミだったような。

ほんの一区画向こうは小綺麗(こぎれい)なビジネス街だというのに、この落差はひどいよなぁ、とエリヤは空腹でめまいがする頭を振った。いや、格差広がる今どきの先進国の大都市など、知られていないだけできっとどこもこんなものだ。大英帝国の栄光の余香(よこう)漂う、アンティークな街ロンドン、などとキラキラした想像を勝手に膨らませていたこちらが悪い。

改めて、はぁ、とため息をつき、「どうしよう」と両手で抱えた頭の髪をわしわしと掻(か)き回す。少し癖があってコシが強く、ふわりとうねっているエリヤの髪は、光の当たる角度によっては金色に見える栗色だ。瞳はそれよりさらにもう一段色素の薄い茶色で、エリヤを構成する要素が、どちらかと言えば極東の島国の血よりも、コーカソイド系のそれが濃いことを現していた。肝心の顔立ちはと言えば、やたらに目が大きいせいで少々幼顔に見えるのが難だが、悪いほうではない。

「うーん、やっぱり最初の店でケチがついた時点で日本に帰るべきだったかなぁ……」

つい後ろ向きになる思考を、「今さらんなこと言っても仕方がないって」と自分で打ち消す。だって日本に帰っても、頼れる人はもういないのだ。帰りついたところで一文無しではどうしようもないだろう。

んなお、と可愛らしい声がしたのは、ぐるぐる思考に陥り、頭を抱えて百面相していたその時だ。

ん？　と目を上げてみれば、いつのまにやら、黒い毛並みを艶やかに光らせた猫が、真正面にちょこんと座り込んでいる。

「猫だ……」

「なお～ん」

いや、全身が真っ黒ではない。顎先から胸元にかけて、まるでタキシードの下にハイカラーのシャツでも着たかのような白い模様が入り、さらには前脚の先もちんまりと真っ白で、それがきちんと白手袋を身に着けた紳士のように見える。その正装の紳士が猫の顔をして、んなお、と鳴いた。

ぶふっ、とついエリヤは吹き出して笑った。すると猫は、笑われたことが心外だと言わんばかりに、抗議するような低い声で「なお～」と鳴き、したんしたん、と長い尾で路面を叩き続けた。闇夜のように奥の深い瞳孔を、藍色の虹彩が縁取る目は美しく、いかにも誇り高そうだ。

「ごめんごめん」

手を伸ばすと、猫は意外にもエリヤが頭を撫で回すことを許した。顎を引いて首を縮ませ、ちょっと嫌そうな顔はしたが。

「お前のその模様が、あんまり綺麗でおしゃれにキマっているからさ、つい」

「んなお」

「まるでジェントルメンみたいだなって……いや、まるで、じゃないな。本物の英国紳士だ」

「ん～」

頭頂部をごりごり掻いてやると、猫はその手つきが気に入ったのか、思いがけずエリヤの膝に両手をかけて伸び上がってきた。濡れた鼻先を突き出し、エリヤの口元の匂いを嗅ごうとする。人間慣れしているところを見ると、たぶん気ままに散歩している飼い猫なのだろう。エリヤは思わず相好を崩した。飼ったことはないが動物は嫌いではないのだ。

「ごめんな、何か御馳走してやりたいんだけど、今、食べられるもの何も持ってないや」

「んなお～」

「あんまりらしくない外見だけど、おれ、日本育ちの日本人でさ、知り合いのツテを頼ってこっちへ来たんだけど、着いてみたら働くつもりだった店が潰れてて。知り合いは借金取りから逃げて行方不明だし、他の仕事も探したけど見つかんないし、もうほとんどお金もないし、いよいよホームレスの仲間入りになりそうだ。お前、どこか雨露しのげる場所知らないか？」

「んな？」

黒い猫が小首を傾げる。何となく会話が成立しているような気がするのが、無性に可笑しい。ぷっと吹き出すエリヤの顔を、思慮深そうな黒い瞳孔がじっと見つめる。

吸い込まれそうな目だ。

（かわいい……恋人とキスしようとする寸前って、こんな感じなのかなぁ——）

愛らしさに、思わず「ん～」と唇を突き出したその瞬間、猫は突然、エリヤの膝から両手を降ろすと、プイと背を向けた。そのまま街角にすたすたと立ち去るドライさに、思わず「ああっ」と縋る声が漏れる。

「ね、猫にまで見捨てられた……」

がっくり項垂れるその頭に、巨大な影が落ちた。見上げれば、雲つくような白人の大男が、下品に肥えた腹を揺らしている。

「ヘイボーイ、いくらだ」

うわっ、と思う。まただ。こちらに来てからこういう輩に何度も声をかけられた。童顔なのは認めるが、一応、成人年齢に達しているエリヤに向かって「ボーイ」呼ばわりはけっこうな侮辱なのだが、それ以上に腹が立つのが、なぜかしょっちゅうこの手合いにカネをちらつかされては売春をそそのかされることだ。そんなにこの外見がチャラそうに見えるのだろうか。いかにも簡単に男に尻を差し出すように見えるのだろうか。養い親が古風な老夫婦だったから、自慢じゃないが、身持ちは堅いほうなのに──。

「あいにくそういう商売はやってないんだ。他を当たってくれ」

馬鹿にするなという思いで苛立たしく追い払っても、男は立ち去ろうとしない。

「食い詰めてんだろ？　なら今日から開業すりゃいいじゃねえか。モノホンの初物なら、お駄賃は弾むぜぇ？」

おれは初鰹か。たぶんイギリス人には通用しないであろう罵倒を口にしようとした瞬間、男の手がエリヤの腕を摑む。

「何すんだ離せ！」

「気取んなよ。お前みてぇな細っこくて男好きのする腰つきしてる奴ぁ、この街じゃ遅かれ早かれケツで稼ぐ身になるんだ。俺がたーっぷり仕込んで、念入りに『オンナ』にしてやるぜ」

舌舐めずりする男のゲスっぷりに、エリヤは総毛立った。冗談じゃない。どんなに食い詰めていたって、こんな男に体を好き勝手されてたまるものか──！

「このっ……！」

怒りと軽蔑を込めて、エリヤは男に蹴りを見舞った。

ぐほっ、と男がうめく。

あいにくと、エリヤに格闘技の心得はない。体格も貧弱で、喧嘩の経験もろくにない。それでも成人男子渾身の一撃は、男を怯ませるくらいの効果はあった。あとは逃げの一手だ。エリヤは少ない荷物を引っ摑み、駆け出そうとした。

「あっ……」

だがこの時も、エリヤはツキに恵まれなかった。引っ摑んだバックパックのジッパーが開いたままで、そこから中の荷物が何点か零れ落ちたのだ。

どうでもいい小物なら、そのまま逃げた。だが零れ落ちた物の中に、養祖父母の写真を入れたカードケースがあったのだ。

（じいちゃん、ばあちゃん！）

一瞬、エリヤは足を止め、身を翻してそれを拾おうとした。その瞬間、男の丸太のような腕に、がっしりと巻きつかれる。

「うわっ、やめろ離せ！」

「生意気なチャイニーが！　色つきの分際で、白人のこの俺様を足蹴にしやがったな、せいぜいやさしく可愛がってやろうと思ったのによ！」

大声でがなりながら、大男はエリヤを抱え込むようにして狭い路地に引きずり込んだ。ドブのような臭いがするそこに押し伏せられて、背中から体重をかけられる。肺が潰れ、息が吸えなくなり、一瞬気が遠くなった。

——駄目だ、助けて、誰か……じいちゃん、ばあちゃん……！

カチャカチャ、と音がする。ベルトのバックルを外されているのだ。「お前が悪いんだ」と男がぶつぶつと呟いている。

「最初から大人しく抱かれてりゃ、やさしくしてもらえてカネももらえたんだ。こんなことになったのは、お前のせいだ。お前が逆らって、俺を怒らせたんだ——！」

「そのでかい図体をどけろ」

いきなり、第三の男の声がした。エリヤに伸し掛かる男がぎょっと振り向くその向こうから、突然、若い男がスッと姿を現す。

まるで猫が忍び寄るかのように、気配も足音もなく——。

「な、何だてめぇは」

だみ声の威嚇にも、男の気配は怯む様子もない。

「ここはわたしの愛用の抜け道でな。風通しもいいし便利で気に入っている。そんな場所を貴様のようなゲスに穢されては、気分が悪い」

落ち着き払った、いっそ優雅ですらある声でそう告げながら、黒髪の男は肥えた白人の男の襟首を掴み、まるで猫の子でも摘み上げるように引きずり上げた。「な、何しやがる！」という怯えた声と同時に、エリヤの体の上から、男のずっしりした重みが消える。

「差せ夏至の陽。聖ヨハネの光よ。その力もて邪悪に身を染めし者を清めよ」

呪文を詠唱するかのような厳かな美声。そして、どさり、と土嚢が落ちるような音。

――な、何が起こったんだ……？

パニック状態のまま息を忘れているエリヤに、まるで落ち着かせようとするかのような、やさしい響きの声がかけられる。

「大丈夫か？」

まだ倒れたままのエリヤに差し出される手には白手袋。そして視線を上げた先にあったのは――。

（わ……）

黒髪に黒い瞳。だが東洋系ではない。ワルツでも踊らせればこの上なく似合うだろう腰高の体型と真っ直ぐな長い脚は、この女王陛下の国の、かなり上流階級の人だ。ややクラシカルな黒の装いも、匂うような高貴さを引き立てている。思わず息を呑む、完璧な男性美だ。

「ケガは？」

「え……い、いえいえいえ！」

エリヤは慌てて立ち上がった。

「あ、あの、ありがとうございました！　おかげさまで無事でした！」

黒い目が、エリヤを見つめてすっと細くなる。

瞬間、彼の体からふんわりと高貴な香りが漂ってきた。思わず夢見心地に誘われるような、これは……薔薇――？

エリヤの胃袋が、心とは裏腹にぐうと鳴る。一気に現実に引き戻されて、赤面する。

（うわ、かっこわるい……）

薔薇の香りを漂わせる優雅な紳士の目の前で、自分は着の身着のまま、薄汚れて腹を空かせたホームレスの身の上だなんて。

恥ずかしい。たまらなくなったエリヤは、「ど、どうも、本当にありがとうございました！」と口走り、そのまま男の顔も見ずに立ち去ろうとした。

「待ちなさい」

その時、不意に紳士がエリヤの腕を取った。再び、ふわっと甘い香りが匂い立つ。

「せっかく極東の島国から来た客人だ。それなりにもてなさなくては、この国の人間としての矜持が許さない。わたしと一緒に来なさい。悪いようにはしない」

腕を引かれて、エリヤは何も考えられないまま、「ハイ」と従った。さっきゴロツキの男にされたのとほとんど同じ仕草だというのに、少しも嫌悪感が湧かない。

——あれ、でも、日本から来ただなんて、おれ、いつこの人に言ったっけ……？

疑問は、一瞬だけ頭をかすめ、すぐに消え去る。

ふらふらと夢見心地のまま、エリヤは少ない荷物を引きずり、ゴロツキの男が転がったままの路地をあとにした。

「ここは……？」

「わたしの店だ」

そう説明されて、エリヤはとっさにドアの上、軒先にあたる部分に書かれた文字を読んだ。Apple Blossoms、「アップルブロッサム」。「リンゴの花」という意味だ。

カランとドアベルを鳴らして引き開けた扉の中は、どこかアンティークな風情の喫茶店——こちらでは「ティー・ルーム」というのか？——になっていた。だが照明は消され、椅子やテーブルにも埃よけの布がかけられて、営業されている気配はない。いい店なのにもったいない——と思いつつ立ち尽くしていると、男は照明のスイッチを入れつつ、「適当に座ってくれ」と声をかけてきた。

布を取り払った椅子に腰かけ、そこから見渡した感じでは、厨房部分を含めて広さは小学校の教室ほど。全体にクラシカルだが、重厚なヴィクトリア朝様式よりはもう少しモダンな造りに見える。変わったところと言えば、今、エリヤが導き入れられた正面のドアと正対する形で、もうひとつドアがあることくらいだろうか。

ドアには高い位置にひとつ曇りガラスが嵌められていて、そこから外の光が差し込んでいる。壁のほうの窓にはカーテンがかけられていて、外の景色は見えないが、この建物を挟んで、向こうにも路地があるのだろうか？　外から見た感じでは、もっと厚みのある建物に見えたのだが……。

「すまないがティーバッグの茶と市販の菓子くらいしか用意できん。空腹は多少ましになるだろうが――」

言いながら、男が上着を脱いで厨房に入ろうとするのを見て、エリヤは慌てた。こんな立派な身なりの人が、おれなんかにお茶を？

「いえ、あの、おかまいな……」

ぐぅぅ～……と腹が鳴る。エリヤは顔が赤くなるほど恥ずかしかったが、厨房にいる男は何の反応も見せず、電気ポットのスイッチを入れた。

「ここはわたしの母が経営していた店だ」

かちゃかちゃ、と食器を用意する音。動き回る男の気配がつい気になって、エリヤはカウンターの

「母はその母から継いだらしい。それ以前のことは知らないが、歴史だけは相当古い」

男の気配が、コツコツと厨房を歩き回っている。エリヤのいる位置からは、様々な厨房用品の隙間から、ちらちらとシャツの白が見えるだけだ。

「今は営業していないんですか？」

「母が死んでからは休業している」

「……っ。す、すみません」

「なぜあやまる」

「だって、お母さんが亡くなったなんて、つらいことを思い出させてしまって……」

エリヤよりは年上だと思うが、彼はまだ若い。彼の母も、きっと亡くなるには若い年齢だっただろう。

だが厨房からひょっこり出てきた男は、かすかに微笑んでいた。

「やさしいのだな。今日会ったばかりの他人を気遣うなど」

「いやっ、そ、そんな……」

恥じらうエリヤの顔を、男は興味深げに黒い瞳で見つめている。

「では、そのやさしさに甘えて、こちらからも遠慮なく聞くが、お前も身内を亡くしたのか？」

男がちらりと視線で指し示した先には、ケースに収めた養祖父母の写真がある。エリヤは一瞬、まぶたを閉じた。じいちゃん、ばあちゃん……。

「身内というか……育て親です。生みの親は偽名で飛び込み出産したあと、おれを産院に残して失踪してしまったそうで、父親はもちろんどこの誰だかわからないし、おれはずっと身元不明児として施設で育てられました。それを、喫茶店を経営していた老夫婦が預かって養育してくれたんです」

エリヤは自分を産み捨てた母を恨む気にはなれない。彼女はきっと、生まれる子が自分の人生の障りになることを怖(おそ)れたのだ。故国はいまだに、女性がひとりで子を育てるのは困難な社会だし、その子が明らかに他国の血の混じった容姿を持っていれば、なおさら世間の風当たりは冷たい。施設にいた頃も、養子を望む人に幾度か紹介されたものの、日本人らしからぬ容姿を理由に何度も忌避された。

だからエリヤはずっと、自分は邪魔な子なのだと思っていた。人から嫌がれても仕方がないのだと思っていた。そんなエリヤを、青砥夫妻が引き取ってくれたのは——。

「写真で見る限り、夫人のほうは東洋系ではないようだが……」

「元はこの国(イギリス)の人でした。けっこういい家のお嬢さんだったらしいんですが、留学生だったじいちゃんに恋をして、駆け落ち同然に日本までついてきちゃったそうです」

「ほう」

「最後まで仲むつまじい夫婦でした。でも子どもができなくて……若い頃から、何人かおれみたいな子どもを預かっては育ててきたみたいです。おれは夫婦にとって最後の養い子でした」

ふたりとも穏やかな人柄だった。夫婦で経営する喫茶店は地域の人々に憩いの場として愛され、遠くからわざわざ訪ねてくる人もあった。

「最初にじいちゃんが割と急に亡くなって、ばあちゃんも半年経たないうちにあとを追うように……。おれは最後の二、三年、ふたりを手伝ってたんで、できればそのまま店を継ぎたかったんですが――」

「継げなかったのか？」

「じいちゃんばあちゃんが最初に育てた子どもだって言う人が、おれも知らなかったんですけど、正式に夫婦の養子になっていて、その人が店舗の敷地と家屋を相続したんです。おれは養育里子ってやつで、ふたりとは法律上は何の繋がりもなかったし、言われるままに出ていくしかなくて」

養子の男は老夫婦とはあまり折り合いがよくなかったらしく、籍だけは入っていたものの、長年音信不通だったようだ。エリヤも弁護士と会っただけで、当人とはついに対面する機会もなかった。最後までとうとう夫婦の仏前に線香一本上げに来ることもなく、老夫婦の財産は養子の手に渡り、長年愛された店と老夫婦の終の住み処はあっさりと潰され、更地になった。今後はマンションが建つ予定らしいとエリヤに教えてくれたのは、同情してくれた近隣の住民たちだった。

「ではお前は、老夫婦の店を手伝い、晩年をそばで見守ったにも拘らず、長年連絡もなく、何もしなかった養子に何もかも巻き上げられ、生活の拠点から追い出されたというわけか？」

怒ったような声が問い質してくる。エリヤはおっかなびっくり答えた。

「そうですけど……でもおれ、小さい頃からちゃんと愛情かけて育ててもらえたし、高校も行かせてもらって一人前にしてもらえましたから、社会に出るまでずっと施設暮らしの子も多いこと考えたら、充分恵まれてたから、もういいや、って……」

「それでわざわざ外国まで来て行き倒れていては、世話はないな」

「……っ」

ぐさりと言われて、エリヤは口を閉ざす。その顔を見て、男が表情を改めた。

「いやすまん。嫌味を言うつもりはなかった。ただお前があまりにも人がいいので、つい口を挟みたくなっただけだ」

その時、電気ポットのスイッチが切れた。男は再び厨房に引きこもり、次に出てきた時には、両手に茶器セットとスコーンを載せた盆を掲げていた。

「そういえば、まだ名乗っていなかったな」

がちゃん、と意外にも大きい音を立てて盆が置かれる。見かけは貴族のように優美な人だが、茶器類の扱いには慣れていないらしい。

「わたしはマギウス。マギウス・マロウ。お前は？」

「青砥英利也……エリヤと呼んでください」

「エリヤか」

黒髪の男、マギウスは改めて、エリヤを興味深げな目で眺めた。

「預言者の名だな」

「いや、そんなご大層な由来はなくて、外国人の子なら、聖書に登場する名にしておけば無難だろうって、施設の人が適当につけたんですよ」

「……なるほど」

呟いたマギウスが、ティーポットを傾ける。冷たいミルクが待ち受けるカップに注がれたのは、意外にも紅茶ではなかった。

ふわりと匂う、深く甘い香り――。

(カモミールのハーブティーだ)

エリヤは嬉しくなった。眠れない夜や悲しいことがあった日には、よく養祖母がこのミルク入りカモミールティーを淹れてくれた……。

「あまり美味くは淹れられていないと思うが――どうぞ」

「いただきます!」

遠慮せずに、さっそくカップを取り上げたエリヤは、ティーをひと口含み――そのまま固まった。

――えっ、何これ……マズ……。

いやいやちょっと待て。これ雑草を煎じたみたいな味がするぞ。この人、ティーバッグを使ったって言ってたよな？　ティーバッグっていうのは、どんなに下手くそに淹れても、ある程度は美味く抽出できるようになっているものだって、ばあちゃん言ってたよな？　何をどうやったらこんなにまずく淹れられるんだ。

エリヤは上目遣いにマギウスを窺（うかが）った。もしや、この人に何か悪意があって、こんな味のものを出されたのだろうか……？

エリヤの視線を受けて、マギウスはふうとため息をつく。

「まずいか」

「いっ、いえ、その……」

「まずく感じるのが正常だ。わたしは飲食物に関して異常に不調法でな。どんなに努力しても、なぜかこの手が食器に触れただけで味が落ちる」

「……」

「いや本当なんだ」

エリヤの表情に、マギウスは困ったようにため息まじりに告げる。

「名の知られたハーバリストだった母亡きあと、この店は長年放置されていたのだが、常連客たちはいまだに、もう一度母のハーブティーを飲みたいと再開を待ち望んでいてな。できればそれに応えたいのだが、肝心のわたしがこのざまでは」

「……そ、そうですね」

今口にしたハーブティーのあまりのまずさに、そんなことはありませんよ、とお世辞を言う気にもなれず、エリヤは空気の抜けるような声で応じた。確かに、この「雑草茶」を客に出すことはできないだろう。死んだばあちゃんも、「どう努力しても、不思議なくらい調理の腕が上がらない人はいるのよねぇ」と言っていたが、この人の場合、不調法とか不器用とか、そんなレベルの話ではない。これを客に出すなど、もはや暴力だ。

それにしても――……。

（い、意外すぎる……っ）

失礼だと思いつつも、笑いが込み上げてくる。と同時に胸の奥がきゅんと疼いた。

目の前のマギウスが、何だか急に、ひどく可愛らしく見えてきたのだ。この格好のいい人が、この優雅な紳士が、お茶の一杯もまともに淹れられないだなんて――……。

「そういう理由で、喫茶と簡単な調理のできる者を探していた」

マギウスは赤い顔をしたままぷるぷる震えているエリヤを、さらりと無視して言った。

「エリヤ、お前が今からわたしの求めに適う飲み物と軽食を用意することができれば、この店を任せよう。二階には居住スペースもあるから、わたしと同居でよければ住む場所も得られる。どうだ、やってみるか」

「えっ」

それはつまり、お眼鏡(めがね)に適えば、この店で働けるってこと……？

お給料ももらえて、ここに住めるってこと……？

「や、やります！」

エリヤは椅子を蹴るような勢いで立ち上がった。茶器ががちゃんと鳴る。

「やります！　やらせてください！　ハーブティーならおれ、ばあちゃんに色々教わって自信があります！」

「そうか」

マギウスがそんなエリヤを見上げて、うっすらと笑う。

「頼もしいな」

そして自分もティーに口をつけ、やはり「まずい」という顔をした。

「うわ、このティーバッグ、いったいいつ開封したやつだよ」

貸し与えられたエプロンを身に着け、厨房に入ってみて、エリヤはマギウスの淹れたティーが異常にまずかった理由を察した。パッケージが日に焼けて退色しているティーバッグのケースは、封が切られた痕までもが古びていて、おまけにたっぷりと湿気を吸った気配までもある。一般家庭でよくあるように、最初の一個が使われたきり、手の届かない棚の上のほうに置かれ、日常の調理の湿気や、窓から差し込む日光にさらされたまま、何年も忘れ去られていたという風だ。日付は当然、賞味期限切れ。

　何年前のことか知らないが、おそらくマギウスの母親の死によって閉店してから、ずっとこのまま放置されていたのだろう。そりゃ美味（おい）しいはずがないですよマロウさん……と言おうとして、ひょいと目をやった接客スペースに、マギウスの姿はなかった。さっきまで座っていた椅子の背に、黒い上着だけがかけてある。

　トイレかな……？　とカウンター越しに視線を左右させていると、不意に低い位置から、「なーん」と甘えるような声が聞こえた。えっと驚き、身を乗り出して見れば、毛並みを黒光りさせた小さな獣が、床にちょこんと座り込んでこちらを見上げている。

「あれ、お前……さっき道で会った」

　半黒半白の猫は、エリヤを見上げた姿勢でまた「なーん」と鳴く。お前こそこんなところで何をしているんだ、と言いたげな表情だ。

「どこから入ってきたんだ？　駄目だぞ、営業していないとはいえここは飲食店なんだから、動物は出入りしちゃ」

「んなーん！」

抗議するようなひと鳴きと共に、猫は長い尾でしたんしたんと床を叩いた。そのまま白手袋と白靴下を履いた四つ脚で、とことこと厨房に入って来ようとする。

「あ、こらこら、駄目だって！　今からここでスコーン焼くんだから！　ほら、あっち！」

「なおーん」

「なおーん、じゃないの！　ここは駄目！　休憩したいんなら、せめてお客さんのスペースにいなよ。あ、体を掻いて毛を飛ばしたりしちゃ駄目だぞ！」

ほらほら、と前脚の後ろを両側から持ってくるりと方向転換させてやると、猫は「うなん」と鳴き、恨みがましい目でエリヤを睨んだものの、厨房に立ち入ることは諦めたようだった。そのまま、客スペースをとことこと横切り――着いた先は、正面ではないほうの店のドアだ。

よく見ればそこには、ドアの一角を穿って小さな扉がついている。猫が額で押せば、入ることも出ることもできるフラップ式だ。

「えっ、これって……？」

わざわざ猫用の出入り口がある、ということは、この店は以前から猫を飼っていたのだろうか。エリヤの養祖父母なら、飲食店に外猫を出入りさせるなど、絶対に許さなかっただろうが、マギウスの母が生きていた頃は、看板猫がいることが売りの店だったのだろうか。そしてこの猫は、この店の何代目かの……。

「なおーん」

考えてないで来てみろ、と言うようなひと鳴きをエリヤに投げかけ、白黒猫はするんと猫ドアから出ていく。茫然(ぼうぜん)とそれを見送っていると、猫は再度、ドアから頭だけを突っ込んできて、「なおん」と鳴いた。

まるで、早く来い、と呼んでいるかのように。

「おいおい、おれは今忙しいんだぞ？　茶葉の買い置きがないなら、外に調達しに行かないといけないし」

——……お前の相手なんかしていられないよ。

そう告げようとして、エリヤは猫の黒いまなざしに捕らえられた。吸い込まれそうな大きな目が、期待に満ちて、エリヤをじっと見上げている。

そのたまらない可愛らしさに、エリヤは負けた。

「もう、おねだり上手だなぁ、お前。……ちょっとだけだぞ？」

「なおん」

ノブに手をかけ、かちゃん、とひねる。

どうせよくある下町の街路だろう。あまり治安のよくない場所じゃなければいいな――などと思っていたエリヤの鼻先を、思いがけなく芳しい風が撫でた。

「え、っ……」

絶句するしかない。

そこに広がっていたのは、想像もつかない光景だった。

まばゆい晴天。あふれる緑、咲き競う花々。

鳥の声。飛び交う蝶や蜂。

周囲は緑なす生垣で囲われ、敷地は丹念な手仕事で作られた古い石積みで区切られている。その内側で、こんもりと豊かに生い茂り、風にそよいでいるのは――。

「これ……ローズマリー。それにラベンダー。セージにタイムに……ミントとレモンバーム……！」

ここはハーブ園だ。広い。それによく手入れされている。石垣の石が風雨に朽ちているところから見て園庭自体はかなり古そうだが、植えられたハーブはどれも青々と瑞々しく、こまめに人の世話を受けていることを感じさせる。

以前、養祖母の持っていた写真集で見たことがある、修道院付属のハーブ園にそっくりだ。その昔、まだ医学が未発達だった時代、修道士たちがそこで育てたハーブでもって患者たちを治療していたという……。

「でもロンドンの真ん中に……こんな……」

信じられない。というか、これはもう魔法だ。魔法でなければ、怪奇現象だ。まるで、いきなりどこか別世界へ連れ去られたかのようだ。たとえば、不思議の国とか、妖精の世界とか……。

茫然と庭を見渡すエリヤの背後から、「見事だろう？」と声がかかる。

「マロウさん……！」

「マギウスでいい」

さく……と下草を踏んで、マギウスが近づいてくる。

「ここは、我々『一族』に代々受け継がれたハーブ園だ」

「い、一族……？」

一族。古めかしい言葉に、エリヤは違和感を覚える。今どき、我が家が古くから使ってきたハーブ園、という程度の意味に、「一族」なんて仰々しい言葉を使うだろうか……？

「そう、『一族』以外の者は決して立ち入れない秘密の場所。『一族』の傷を癒やし、日々の営みに倦み疲れた者たちを慰撫してきた、小さな安息の地だ」

なのにためらうこともなく、その古風な言葉を幾度も使いながら近づいてきたマギウスは、そのまま、エリヤのすぐ斜め後ろに立つ。

「母が生きていた頃も、店で出すハーブティーはここで収穫したものを使っていた……」

追憶の想いを乗せた、やさしい声に、エリヤは思わず背後の男をふり仰いだ。

そこにあった表情に、思わず言葉を失う。

(なんて寂しそうな目……)

胸がきゅっと痛んだ。彼は今おそらく、その心の内で、失った人、もう戻らない時間を想っている。

やさしかった養親を失ったエリヤのように。

「もともとハーブにはあまり必要ないそうだが、ここのものは農薬も化学肥料も一切使用していない。使うなら、安心してどれでも摘んでくれていい」

そう告げるや、マギウスは踵(きびす)を返して店のドアの中に消えた。

青々と豊かに茂るハーブの間を、爽やかな風が吹きすぎる。

心臓が、とくとくと高く鳴っていることを、エリヤはミントの香りを含む風の中で感じていた。


フレッシュハーブをお茶にする場合、その量はドライの三倍ほど必要になる。だからエリヤは、咲き始めのカモミールの花を両手いっぱいに摘んだ。中の黄色い部分がぷくっと膨れて、それを小さな白い花弁がぐるりと取り囲む、マーガレットを小ぶりにしたような可憐(かれん)な花だ。なよなよして見えるが、繁殖力が強く、土を選ばずに、こぼれ種でどんどん咲いてゆくから、一度植えつければ毎年の植え替えはほぼ必要ない。使い道の多さと可憐な姿形とやさしい香り、そして生命力の強さを兼ね備えているのが好ましいと言って、養祖母が特に好んでいたハーブだ。

(ばあちゃん……)

甘くやさしい香りに心を撫でられ、切ない気持ちが湧き上がる。

養祖父に続いて、イギリス出身の養祖母が亡くなった時、エリヤは、これでおれはこの世に何のよすがもない人間になってしまった、と思った。

実の親はわからず、完全には日本人ではない身で、つけられた名前も適当なもの。そんな境遇のエリヤにとって、育て親である老夫婦は全世界だった。ことに夫への愛ひとつに懸けて祖国を捨ててきた養祖母は、エリヤに生き方というものを教えてくれた人だった。

――前へ、いつでも前へ進むのよエリヤ。自分に与えられなかったものや、失敗に終わったものに未練を持ち続けていても、幸せは見つからないわ。幸福は過去にはない。未来に遭遇する出来事、未来に出会う人、未来に暮らす世界にこそあるのだからね……。

いつでも前を向いて進みなさい。その教えは、悲しい時も寂しい時も、ずっとエリヤを支えてきた。

だが――。

「……だからって、大好きなじいちゃん追いかけて、さっさと天国まで行っちゃうことはないだろ……」

愚痴のように呟く間も、エリヤは作業の手を止めない。

まず摘んできた花を洗う。そして水を切り、ペーパータオルの上に広げる。互いに重ならないように平たく置き、さらにペーパータオルをもう一枚広げて重ね、電子レンジの加熱時間をセットする。

「この量だと二分ってとこかな」

ピッ、ピッ、と音を立ててボタンを押し、加熱スタート。うぃーん、とやや大きめの音がするのは、レンジの型が古いためだ。

「今どきターンテーブル式だよ、これ……」

おそらくこれも、亡き女性の遺愛の品なのだろう。古くても、性能に問題はないようだ。

「さて、スコーンの準備だ」

バターは賽(さい)の目状に切り、いったん冷蔵庫に戻す。ベーキングパウダーと小麦粉を合わせて振るっておく。別のボウルに卵液と牛乳と砂糖を混ぜ合わせたものを用意。冷たいバターを粉類の中に投入。バターのかたまりを粉の中で潰し、なるべく素早くそぼろ状にする。

電子レンジで乾燥させたカモミールは、ここで投入。

バターが混ざってぽろぽろになった粉を、卵液と牛乳でざっとまとめる。さっくりした食感にするために、捏(こ)ねすぎは禁物だ。伸ばしては折りたたむ作業を何度か繰り返したところで、三センチの厚さに伸ばして抜型で整形。シートを敷いた鉄板に並べて、あらかじめ温めておいたオーブンで、一八

○℃三十分。焼く前に表面に卵液を塗ってツヤを出すレシピもあるが、エリヤの養祖母は塗らない派だった。ツヤ出しを塗ると焦げやすくなり、高温で一気に焼き上げられないからだそうだ。よって今日のスコーンも見た目は素朴なキツネ色に仕上げる。

「うはっ、いい匂い～」

カモミール入りスコーン。思わず自画自賛したくなるほどいい出来だ。慣れないオーブンが使いこなせるかどうか心配だったが、古くても性能のいい品だったのが幸いして、火の強さが前後左右に偏ることもなく、うまく焼き上げられた。お茶用のお湯も、いい具合に沸きあがっている。

先にポットを温め、フレッシュのままのカモミールを投入。湯を注いで、ティーコージーをかぶせて三分。明るい黄金色のティーが完成する。

「できましたよ、マロウさん」

「マギウスでいいと言ったろう」

「マギウス……さん」

「敬称もいらない。『マギウス』だ」

優雅な姿勢で椅子にかけているマギウスは、小うるさく注意してくる。言うことを聞かない奴だと思われたかなぁ、とエリヤは首を竦めたが、日本生まれ日本育ちの人間が、年上かつ目上の人を呼び捨てにするのは、なかなか心理的なハードルが高いのだ。

だがここで生きていきたいのなら、その国の流儀に合わせる努力は必要だ。「じゃあ、マ、マギウス」とややぎこちなく呼びかけながら、ティーセットと焼き立てスコーンを載せた盆を置く。

「ほう、うまく焼けたな」

「はい！」

嬉しい、褒められた……とほくほくしたエリヤだが、「どうやら、腕前はわたしより上のようだ」という声に、思わず固まる。

（『わたしより』って……それは褒め言葉になるのかなぁ……）

何しろしけってカビた茶葉で淹れたティーを平気で客に出す人だ。亡くなったというお母さんも天国で苦笑しているに違いない……と思いながらも、作法通りにスコーンを半分に割る手つきの美しさに、つい見惚(みと)れる。

（死んだばあちゃんの手に似てるなぁ……）

そして、エリヤはふと違和感を覚えた。

（あれ、この人って、もしかしてすごく育ちがいいんじゃ……）

養祖母は紛れもないお嬢様育ちで、日本の平凡な住宅地の喫茶店のマダムに納まっても、その面影は言動の端々に残っていた。マギウスの品の良さはそれを思い出させるものだ。その品位の高さと、下町のティー・ルームの女主人が母親だったという庶民的な出自が、どうにも重ならない気がしたのだ。まあ、庶民の生まれだろうが、その後努力すれば優雅な立ち居振る舞いくらい身につけられなくはないだろうが……。

そんなエリヤの視線にも気づかず、まだ熱いスコーンに英国名物クロテッドクリームをこってりと塗りつけ、さくり、と食べる。

どんな感想がもらえるだろう……とどきどきしているエリヤの足に、不意に毛皮の柔らかい感触が絡んだ。

なおーん、と鳴き声。

「あれ、お前、また……」

ぐるぐる、と喉を鳴らしながら頭を擦りつけてくる猫の黒い背筋を見下ろして戸惑う。

「……駄目だろっ、今入って来ちゃ」

怒られるぞ、と囁(ささや)いたのに、

「なーん」

大丈夫だ、と言わんばかりの妙に自信のある声で鳴かれ、さらには足首にぴっとりと懐かれて、仕方がないなぁ、とため息をつく。マギウスはと見れば、猫に気づいていないはずがないのに、さらりと無視を決め込んで、今度はカモミールティーに手を伸ばしていた。

「……駄目だな」

かちゃん、と優雅な手がカップを置く。

その言葉に、夢見心地だったエリヤは一転、ひゅっと息が止まった。

「せっかくのフレッシュフラワーの香りが飛んでいる。湯の温度が高すぎたんだ。ハーブティーはどれもそうだが、沸点より摂氏一、二度低い温度で淹れなくては」

「……は、はい」

「それとスコーンは、この国の人間の口には軽すぎる。お前、薄力粉を使っただろう」

「に、日本ではそうだったので……」

「イギリスではもっとグルテンの多いどっしりとした食感が好まれる。菓子ではなく軽食という扱いだからな。このさっくりしたスコーンでは腹の足しにならない」

「……っ」

「おそらくお前の育て親は、日本人向けにレシピをアレンジしていたのだろう。それを忠実に再現しているのはわかるが、この店では客には出せない。ましてこの店の客になるのは皆、古いしきたりに添って生活している者たちだ。これでは――」

不採用か――。エリヤは血の気が引くほど落胆した。この店に雇ってもらえなければ、今度こそ本当にホームレスになるしかない。どうしよう、どうしたら……と混乱する頭で考えていた時だった。

「それくらいにしておいてやれ、カヤ」

不意に、ひどく低い場所から声がした。エリヤの足元、ほとんど床に近い場所だ。

「とりあえず今後の伸びしろがあることがわかれば、充分だ」

これはマギウスの声だ。マギウスの声が、マギウスの口からではなく、エリヤの足元から聞こえる。

「ふふっ」

すると今度は、目の前のマギウスの口から、皺がれた女性の声がした。

「お気に召されたのは、この子の腕ではなくこの子自身のようですのう、マギウスさま」

ハンサムな顔がにっこりと笑い、その顔がそのままぐにゃりと歪んで、老婆の顔に変化する。

「え……ええっ……！」

思わず二、三歩後ずさったエリヤの足元で、猫が黒い尻尾をしたん、と振る。

そして小さな牙の覗く口を開き、人間の言葉を、しゃべった。

「最初に会った時、どうにも気になった。この英国からもっとも遠い国の山と海の香りがしたのに、我ら一族に近い気配を感じたのでな」

その声こそは、紛れもないマギウスの美声だった。凍りついているエリヤの目の前で、黒い猫の姿形がぶわりと膨らみ、変化を遂げる。

まるで奈落からせり上がってきたように、マギウスの長身がそこに現れた。それと入れ替わるように、椅子にかけていたマギウスの姿が、黒いローブをまとった老婆のものになる。

「で、間違いないか、カヤ」

猫に化けていたマギウスが、自分に化けていた老婆に問いかける。

「はい、間違いございません、マギウスさま」

老婆が答えた。

「まだまだ未熟な腕なれど、この子の手を経たハーブは、力が増幅しております。それすなわち、伝説の『神のさじ加減』の力。久しく一族に途絶えていた癒し手(ヒーラー)が、このような形で現れようとは……」

「つまり彼は、何らかの形で我らと同じ血を引いていると？」

「左様、おそらくは遠く異国の地に芽吹いたこぼれ種のひとつにございましょう」

「では決まりだな」

マギウスが、何が何だかわからないまま硬直しているエリヤに近づいてくる。気づいた時には、エリヤの視界いっぱいに、整いすぎた眉目が迫っていた。

ふわりと空を舞うような指が、エリヤの顎先を持ち上げる。

「アオト・エリヤ。お前を我が一族の『門番』として迎え入れる」

「……も、もん、ばん……？」

マギウスの体から漂ってくる薔薇の香りが、エリヤを押し包んだ。

まるで抱かれているように。

「言っただろう。ここは我ら『一族』の癒やしの場だと。あの裏のハーブ園は一族の暮らす村――『領地』に繋がっている。そしてそこへ通じるドアを潜れるのは、一族の血を引く者のみ。先ほど猫の姿でお前を裏庭へ導いたのは、そのことを確かめるためだった。それに――」

マギウスの指が、エリヤの顎から這い上り、耳朶を撫でてくる。思わずぞわりとするほど、色めいた仕草だ。

「……お前の手には、一族由来の力が宿っているようだ。『神のさじ加減』と呼ばれるものがな」

「か、神、の……？」

この人たちは何を言っているんだ？　いったい今ここで、何が起こっているんだ？

何が――何が始まろうとしているんだ……？

戸惑うばかりで言葉が出てこないエリヤの目を、マギウスの漆黒の瞳が覗き込んでくる。

「そうだ。この力を持つ者が今この時に『アップルブロッサム』に現れたのは、天の配剤というしかない。わたしには――そして一族の者たち皆にも、お前の力が必要だ」

お前の力が必要だ――……。

夢のように甘い言葉を囁いた唇が、額に触れる。

エリヤは驚きのあまり息を呑んだ。だがその瞬間、押し寄せるように体の中に入ってきた甘い花の香りにぐらりと酔わされ、わけがわからなくなる。

「ふふふ」

老婆の忍び笑う声。

「契約成立だね」

立ち尽くしたまま、かちんと固まってマギウスの唇を受けとめるエリヤを見て、ローブ姿の老婆が、ほくほくとした笑顔で頷（うなず）いた。

フンフンフン、と鼻先で匂いを嗅ぐ小さな気配がする。

生暖かい鼻息。上唇にチクリと触れる、ひげの先端の感触。ふっと目を開くと、目の前に真っ黒い濡れた鼻先と、顎先の白い被毛が見えた。

「ん……マギウス、あなたまた……」

半分寝たままのぼんやり具合で、むっくりと起き上がる。ねぼけまなこを擦（こす）りながら、ため息をひとつ。

「もう、寝てるところに入ってこないでくださいって言ってるのに……」

「腹が減ったから起こしにきただけだ」

白黒の猫が重々しくしゃべる。その美声と共に、黒い尻尾の先端がシーツの上をぺしぺしと叩いた。苛々している時の仕草だ。どうやら本当に空腹らしい。エリヤはくすりと笑う。

「猫カリカリならすぐ出せますけど？」

「トーストとベーコンとスクランブルエッグ」

「はいはい」

即答だ。朝食にこだわるあたり、姿は猫でも正しく英国紳士だな、と可笑しくなる。

「すぐ仕度しますから、下で待っててください」

ベッドを降りながら話しかけると、半白の猫が「ああ」と返事をする。

さて、今日も不思議の一日の始まりだ。

顔を洗い、見苦しくない程度に髪の癖を直し、シャツとジーンズの簡素な衣服に着替える。寝乱れたベッドを簡単に整えてから部屋を出て、とんとん、と階段を降りる。

窓にかかるカーテンを開けば、店舗いっぱいに朝日が差し込む。そこがティー・ルーム「アップルブロッサム」。今のエリヤの職場、そして生活の城だ。

エプロンを着け、厨房スペースで卵を三つ割る。味付けは塩コショウと少しの生クリーム。エリヤには卵料理にこだわりはないので、マギウスの希望したものを自分の分も作って食べることにしている。

鼻歌まじりのその姿に、「エリヤ」と足元の小さな獣から声がかかった。

「……ここの暮らしはどうだ？　快適か？」

そう尋ねながら、黒い尻尾が、さっさ、と床を掃いている。その動きが何だか、訊きづらいことを訊く時に手足の先をもじもじさせる仕草を思わせて、エリヤはふふっと笑った。

――この人なりに気にしているのだろうか。ごく普通の人間として生きてきたエリヤを、「神のさじ加減」だからと、何の説明もなく、いきなり奇想天外な世界へ引っ張り込んだことを。

「ええ、とっても快適です。おれにはもったいないくらい」

一階は店舗スペースと貯蔵庫。厨房から続く階段を上れば、二階には人ひとりが暮らすには充分すぎるほどの居住スペースがある。裏庭にはもうじき夏を迎えるハーブ園があって、夜になればそこから清々しい香気が立ち昇り、エリヤに深い眠りをもたらしてくれる。店が再開すれば従業員として客の前に立つのだからと、清潔な衣類と靴も与えられた。

つい先日まで、ホームレス寸前だった孤児の身の上には、楽園でしかない。たとえそこが普通の人間ではない者たちの世界へ繋がっている場所であっても。

――たとえば、材木を運んできた荷馬車の馬が、その材木を整えた木挽き職人だったり。ハーブティーに入れる蜂蜜の壺を、大きな雌の熊に変身する女将さんが持ってきたり。

ハーブ園の石垣を大勢の子どもたちが乗り越えて来て、あっという間に食べ頃の木いちごをかすめ取ったかと思うと、いっせいにこまねずみに変身して逃げていったり……。

「最初はさすがに驚きましたけど……もう慣れちゃいました。あなたもどうやら、おれを取って食うつもりでもなさそうだし」

「当たり前だ」

黒い尻尾の先が、ぺしぺし、と床板を叩く。心外だな、と言わんばかりに。

「お前は、『一族』の伝承では百年以上前に途絶えてしまった癒やし手（ヒーラー）、植物の薬効を最大限に引き出し、増幅させることができる伝説のハーブ使い、通称『神のさじ加減』の能力の持ち主。まるでこの店を再開したいというわたしの望みを後押しするかのように現れた存在だ。粗略に扱うわけがない」

「……『神のさじ加減』、ねぇ」

お前にはその資質がある、と何度聞かされても、エリヤにはまださっぱり実感がない。「植物の薬効を増幅させることができる伝説のハーブ使い」だなんて、このおれが本当にそんなに大層なものなのかな――と、疑いが湧くばかりだ。

「あ、あの、マギウス、もし今後、本当はおれにそんな能力などまったくない、とわかったら、やっぱり頭からぱっくり……」

「食うわけがなかろう」

ぺしぺしぺし、と床を叩く尻尾が、いかにも苛立たしげだ。

「お前の身の上からすれば、不穏な想像をしてしまうのは無理もないが、我々『一族』の生業は、人間を取って食う者どもを退治する側の存在だ。そう説明しただろう？」

「そうでしたね——『悪魔狩り』でしたっけ？」

どんなお仕事なのか想像もつかないんですけど、と首をひねるエリヤに、マギウスは「そのうちお前もその目で実見する機会があるだろうが」と、やや考え込む風情だ。

「まずはオカルトがらみのトラブル解決屋だと思えばいい」

すると、「一族」とはさしずめ「正義の魔法使い」というところだろうか。頭に浮かぶのは、幼い頃から様々な媒体で慣れ親しんできたバトルファンタジーに登場するウィザードのビジュアルだ。勇者とはまた別の能力を持ち、不思議な術を駆使して、仲間のダメージを回復させたり、怪物をやっつける頼もしい存在。

「そのお仕事は、あなたもすることがあるんですか？」

「——以前はやっていた」

「沢山の人を助けた？」

「ああ」

「だったらなおさら安心です。あなたはいい人だし、だとしたら、ここに出入りする『一族』の人たちも、きっとそうでしょうから」

エリヤはにこりと笑ってみせる。ほら、単純なことだ。だから思い煩わなくていい、と伝えるように。

「それに、おれ、今まで何度も、育ててくれる人や住む場所が、ある日突然変わる経験しながら生きてきたんです。その鍛え上げた適応力をもってすれば、雇い主がちょっと変……あ、いや、ちょっと変身系の魔法使いなくらい、どうってことありませんよ！」

バターを熱して溶かしたフライパンの中に卵液を落としながら、ははと明るく笑う。常に前向きに、過去に未練を持たず。養祖父母のあの教えは、どこに行っても通用するのだと実感しながら。

「……そうか」

じゅううう、と卵が固まってゆく音が響く中、安堵の息を漏らしながら、猫姿のマギウスが頷いた。

「お前が『神のさじ加減』だと知って、矢も楯もたまらず一方的に『契約』を交わしてしまったから、正直、どうなることかと思ったが、やはりカヤの目に間違いはなかったようだ」

カヤとは、マギウスに初めて連れてこられた時、エリヤをテストした老婆の名だ。誰にでも、どんな姿にでもひょいと化けることができ、外見も絵本に登場する魔女そのままで、エリヤに「一族」とはどういう存在であるかを生々しく見せつけてくれた人だった。マギウスとは所縁が深いらしく、その命によってあれから毎日、エリヤにハーブの何たるかを叩き込むべく、階下の店に通ってくる。今日もそろそろ姿を現すだろう。

「あの、マギウス」

「うん？」

「一度聞こうと思っていたんですけど……カヤはおれが『一族』の血を引いていて、それがために『神のさじ加減』の力を宿している――って断言していたけど、それって……」

「ああ、おそらくお前の血縁上の父親か母親かが、一族に連なる血統の者だったのだろう。本人に自覚はなかったかもしれんが……」

「そんなことがあるんですか？」

一族の血を受けながらそうと自覚しない者がいるとは、どういうことなのだろう。そう尋ねると、マギウスは立てた尻尾をしゅるんと振った。

「普通の人間と交わり、子を成す者は時折いる」

とととと、と厨房の床を歩き、ぽんと跳んでカウンターの上に乗る。

「普通の人間と一族の者との間の子孫にどの程度の能力が発現するかは、ケースによってばらつきがある。子にまったく発現がなくても、二、三代置いて隔世遺伝のように微弱な力が現れる者もいて、そういう『遠い種』の芽吹きまでは一族でも察知し切れない。子だくさんが三代も続けば子孫の数は膨大になるし、そうなればお前のように、自分の父母祖父母の出自を正確に知らない者も、どうしても出てくるからな」

「……」

「だがカヤには、ごくわずかな一族の血の『匂い』が判別できるのだそうだ。今どき、彼女ほど鼻の利く手練(てだ)れは、一族の中でも珍しい。カヤがそう言うのなら、まず間違いはないだろう」

「そうですか……」

まださっぱり実感が湧かないまま、エリヤは出来上がったスクランブルエッグを皿に移す。うん、なかなかの出来栄えだ。

「――すまないな」

カウンターの上の猫が、沈鬱な声で呟く。エリヤは「えっ」と目を瞠(みは)り、マギウスを凝視した。

「どうしてあなたがあやまるんですか？」

猫の姿のマギウスは、やや項垂れているかのように見える姿勢で告げる。

「我ら一族が自らの血の広がりをもっと細やかに追えていれば、お前の父母がどういう人間だったかも判明しただろう。だが昨今は、一族の中でもそういうことがいい加減になってしまって――」

ああ、そういうことか……とエリヤは腑(ふ)に落ちた。マギウスはエリヤが実親のことを知りたがっていると思っていたのだ。自分の出自がわかるかもしれないと期待し、それが叶(かな)えられず落胆したと。

エリヤは慌てて言い募る。

「違うんですよマギウス。おれは別に、今さら親が誰かなんて知りたいわけじゃないんです。そんなこと一生何にもわからないだろうって、もう諦めてましたから」

産院でエリヤを「産み逃げ」した母はともかく、父はおそらく、この世に自分の子が誕生していることすら知らない可能性が高い。そんな父母を、今さらどうやって尋ねる手段があるだろう。

「じいちゃんばあちゃんも、おれには過剰にルーツに執着しないようにと言ってました。父母を恋う気持ちを持つのは人として自然なことだけれども、それにこだわって、未来に出会う幸福や愛情を粗末に扱うことがあってはならないから、って」

「……」

マギウスは尻尾を波打たせながら聞いている。そんな猫の鼻先に鼻先を合わせるような形で、エリヤは身を屈めた。

「おれは充分、じいちゃんばあちゃんに愛されて育ちました。あのふたりのおかげで、平凡で幸せな子ども時代を送ることができました。おれにとって親がどこの誰かっていうのは、それほど切実な問題じゃないんです。だから、あなたがおれに罪悪感を持つ必要はありません」

黒くて丸い瞳が、じっとエリヤを見つめている。その目に向かって、エリヤはにっと歯を見せて笑った。

「むしろ、ここに来て自分のルーツがおぼろげながらわかったのは、思わぬ幸運ですよ。こういうの、日本では棚からぼたもちって言うんです。知ってます？　ぼたもちって。もち米のかたまりの周りをあんこでコーティングした甘いお菓子で……」

「エリヤ」

突然、マギウスが黒く濡れた鼻先を突き出してきた。そのざらりと生温かい先端が、ちょん、とエリヤの鼻の下に当たる。

ん？　とエリヤは思う。これはもしや、キス、されたのだろうか……？

そう訝しんだ瞬間、小さな猫の姿がぶわりと膨らみ、目の前でハンサムな人間の姿に変化した。エリヤは反射的に「うわっ！」と叫び、後ろに飛びすさる。

そのエリヤを追うように、マギウスの手が伸びてきた。二の腕を掴まれ、ぐい、と引き寄せられる。

「……ッ……！」

目の前の距離にまで、マギウスの唇が迫った。可愛らしい猫のマズルではない。正真正銘の、男の唇だ。あの初対面の日、「契約だ」と囁きつつ、エリヤの額に触れた唇だ――……。

「あっ、あの……！」

「動くな、コンロに触れる」

そう言われて、初めて気づく。マギウスが自分を捕まえて引き寄せたのは、火傷を防いでくれたのだと。

「……っ、す、すいませんおれ……！」

てっきりキスされるのかと思った——と、自分の勘違いを恥じる。一度額にされたことがあるとはいえ、こんな紳士的な人に対して、何ていやらしい想像を……と自己嫌悪していたその時、半歩踏み込んできたマギウスに、ふわりと抱きしめられる。

「えっ、あ……」

今度は勘違いではなかった。エリヤは間違いなく、マギウスの腕と胸に抱き止められていた。驚きの声をあげる間も与えられず、「エリヤ」と名を呼ばれる。

「いきなりすまない……つい、感動してしまってな」

「か、感動……？」

「お前の生き方が、あまりに気高くて」

エリヤは思わず、両のまぶたをばしばしと瞬いた。ひどく意外なことを言われた気がした。何だって、このおれが気高いって……？

「親兄弟のいない心細さに折れず、誰をも恨まず、幸福を探すことを諦めない。浅はかな哀れみも同情も受け付けない生き方を、気高いと言わずに何と言う？　お前は、己れの人生を探すすべての者の手本だ」

「そ、そんな大げさな……」

エリヤは呆れた。今、自分が言ったのは、親兄弟のいない人間が世渡りのために身につけた、単なる心がけだ。

「大げさなものか。お前にくらべればわたしなど、この年でやっと親の家を出るまで、まったく世間も知らずに……」

「おおい、エリヤ」

その時不意に、外から呼びかける声がした。カヤだ。「領地」側のハーブ園から声がする。

「裏口の鍵がかかったままだよ。早く中に入れておくれ」

「は、はーい！」

助かった……！　と内心思いながら、マギウスの腕の中からするりと逃げ出す。生まれ育った文化の違いだろうか。あの人の身体接触の多さは、どうにも苦手だ。裏口を開くと、カヤはなぜかエリヤを見て「ふふん」と鼻を鳴らした。

「年寄りを朝露の中で待たせるものじゃないよ。体にこたえる」

「すみません」

「まあ朝っぱらから雇い主にサカられて、あんたも大変だろうけどさ」

老婆はまるで見ていたようなことを言いながら、その容姿に反してかくしゃくとした足取りで店に入ってくる。と同時に、マギウスも厨房から出てきた。

「おはよう、カヤ」

そして朝の光に照り映えるような微笑と共に、告げた。

「別にサカってなどいないぞ。親睦を深めようとしただけだ」

「ふふん、はいはい、そういうことにしておきましょうかの」

カヤはまったく取り合おうとしない態度だ。

「エリヤ、あたしにトーストはいらないよ。卵は七分半茹(ゆ)でておくれ」

「は、はい」

エリヤは慌てて、朝食の仕度の続きに取り掛かる。そうしながらつい、視線がテーブルの準備をしているマギウスのほうへ吸われる。

――お前の生き方が、気高くて……。

そんな風に言われたのは、初めてだった。いつも明るくていいね。悩みなんかなさそう。お前、どこに行っても、まあ何とかなるさって思ってるだろ。実の親がいないなんて信じられないくらいお気楽だなぁ。そんな言い方でいじられるばかりで。

――おれにだって悩みもあれば悲しい時だってあるのに、勝手に決めつけて……。

そう腹が立つこともあった。でも、皆がそういうおれを好きなのなら、と周囲の期待通りに振る舞ううちに、やたらと楽天的なキャラが板についてしまった。そんなエリヤのことを、気高い、だなんて言ってくれる人は、これまでひとりもいなかった。養祖父母はエリヤを愛してくれたけれど、身よりのない養い子は最後まで気がかりのタネでしかなく、こんな風に一人前の人生観を持つ人間としては、とうとう扱ってもらえなかった。

——気高い、だなんて……そんな大げさな。

そう思いつつも、エリヤは胸の内にじわじわこみ上げてくる嬉しさを嚙みしめた。

マギウスはおれを認めてくれている。可哀想な孤児としてではなく、人としての自尊心を持つ、一人前の存在として見てくれている。

ここでなら、養祖父母がいた頃のように、またゆっくりと、心安らかに生きていけるかもしれない。

その確かな思いと共に。

夏が近いハーブ園は、爽やかで気持ちのよい空気に満ちている。日に日に勢いよく伸びるハーブたちが、それぞれに清涼感に満ちた香気を放っているためだ。

「そろそろ夏至も近いから、育ち具合を見て採り頃のものから収穫していかなきゃならないよ。ああ、あそこのバジルはもう刈らなきゃ駄目だ。花穂が出るとトウが立っちまう」

園内を見回りながらのカヤの言葉に、エリヤは頷きつつも願いを口にする。

「なるべくフレッシュな状態で使いたいから、新芽以外は摘まずに残しておきたいんですけど……」

摘みたてのバジルを刻んで入れたチーズオムレツは、マギウスが目を瞠って「これはいい」と言った逸品だ。試してはみたが、乾燥バジルでは、どうしてもあの鮮烈かつ濃厚な味が出ない。冬を越せない一年草なのは承知しているが、できるだけ長くフレッシュを使って作ってあげたい。そんな思いで告げると、カヤは含み笑いを見せながら答えた。

「大丈夫さ。バジルは根元から三分の一ほど残しておけば、またすぐに新芽が伸びる。よほど冷夏じゃなければ、秋までに三回は収穫できるよ」

摘んだ葉はオリーブオイルや松の実と一緒にミキサーにかけてペーストにしておけばいい、とカヤは告げ、それから何の脈絡もなく、「あんたも大変だね」と同情めいた口調で呟いた。

「え」

「まあ、あの方のことだ。そうそう、あんたを泣かせるような乱暴なことはなさらないと思うけどね。もし手を出されたら、嫌なら嫌とちゃんと言うんだよ。いくら行く当てのない身だからって、ずるずる受け入れるのは不幸のもとさ。ああそうだ、万が一襲われた時に備えて、そこに生えているキャットニップを粉末にしたやつを常にポケットに忍ばせておくかい？」

猫ならイチコロでぐにゃぐにゃさ、とカヤは嘯き、ニヤリと笑う。

「え、あ、あの！」

　エリヤは慌てた。この老婆は、マギウスがエリヤを抱きしめていた場面を誤解しているらしい。それはまずい。とてもまずい。もし、自分のせいでマギウスに妙な噂（うわさ）でも立ったら、大変だ。

「いや、あれは、そういうのじゃないんです。何て言うか、マギウスってちょっと感激屋なところがあるみたいで、話をしていたら急に抱きしめられて……！」

　カヤは必死に言い訳するエリヤを、「ふーん」と横目に見ている。信じていない目つきだ。それから唐突に、「聖ヨハネの薬草の効能は？」と質問してくる。ハーブ使いの師匠としての抜き打ちテストだ。エリヤは背筋を伸ばして答えた。

「えーと、創傷治療。気鬱病の寛解。それと女性のげ……月経前の不調に効くんでしたっけ？」

「まあ正解だね。じゃあ摘むのはいつ頃だい？」

「夏至の日に摘むと効能が最大なんですよね」

「そうそう、まあ古い伝承で科学的根拠はないんだが、夏至の前後がちょうどいい頃合いなのは本当さ。だから聖ヨハネの薬草（セントジョーンズワート）って言うんだよ。夏至の日は聖ヨハネの祝日だからね」

「じゃあ、そろそろですね」

　日々少しずつ明るさを増してゆく空を見やりながら、エリヤは言った。アジアの端に連なり、毎年なかなか弱まらない暑気に苦しめられる母国にくらべ、中部ヨーロッパ以北では夏は短く、陽光は貴重だ。こちらの人々が、夏至が聖なる日であると感じる気持ちはよくわかる。

「効能が高くて使い勝手のいいハーブだ。ここのハーブ園で摘めるくらいの量じゃまず足りなくなるだろうが、言えば『領地』から持ってきてもらえるから、ケチらずに処方するといい。ああそうだ、こいつを処方するべき患者は覚えているかい？」

「えーと、あ、あの……」

「月経前後の不調に苦しむ女性、だろ？」

「……っ」

「これ、これからハーバリストになろうって身が、月のものなんて言葉くらいで赤くなるんじゃないよ。この店に来る客には、子作りに効くハーブや惚れ薬を欲しがる者もいるんだよ」

口では叱るカヤだが、皺の奥深くにうずもれた目は笑っている。子ども扱いだなぁ、とエリヤはため息だ。確かに、真っ当な大人なら、月経前症候群も子作りも、患者当人にとってどれほど深刻な問題かをきちんとわきまえ、いちいち羞恥を覚えたりしないだろう。

「ただいま、マギウス」

エリヤが摘み取ってきたフレッシュハーブの束を手に店内に戻ると、マギウスが猫の姿で丸くなって眠っていた。店舗スペースの隅に置いた籠は、彼専用の寝場所だ。くにゃりと折った両前脚の裏に、小豆のような黒い肉球が見える。

人間の姿の時のマギウスは、とても精力的だ。店内の改装や補修のためにやってくる職人たちを指図し、エリヤの意見も入れて厨房スペースを作り変えさせ、家電製品を納入しに来る業者（これは市街側から来る普通の人間たちだった）と交渉して設置まで責任を持たせ、ハーブを保管する瓶ひとつにも細々と注文をつけて勝手のいいものを選び抜く。エリヤはその様子を横目に見て、あんなに口うるさくて大丈夫かな、と思ったくらいだ。それほど活動的な面があるかと思えば、突然こうしてスイッチが切れたように猫の姿で眠り込んでしまう。毎日が、その繰り返しだった。

「……疲れちゃったのかなぁ？」

覗き込みながら呟くと、カヤも「そうだねぇ」と頷く。

「たぶん、まだ本調子じゃないんだろうね。今は火星が不活動宮（デトリメント）に入っている面倒な時期だし、人間の姿でいるのはちょっと大変なのかもしれない。マギウスさまに限らずあたしたち『一族』は、動物の姿でいる時が、一番力を消耗せずにすむから――」

その時、カラン、とドアベルが鳴った。

いかにも「一族」らしく、黒いローブをまとった若い男が入ってきたのは、ロンドン市街に面した側のドアだ。燃えるような赤い色の髪に、くるくるときつい癖がついているのを見て、エリヤは親近感を覚えた。ちょうど、年頃も同じくらいだろうか。

「あの、店はまだ……」

「ああ、開店は一週間後だろ？　知っちゃあいたんだが、どうにもこうにも体が限界でな。昨夜の現場からはここが一番近い『門（ゲート）』だったんだ。ちっとばかり休ませてもらえねぇかな？」

疲労困憊（こんぱい）の様子ながら、いたずら小僧のような表情で、へへっ、と笑う。

「おやスコット。お疲れだね。徹夜仕事かい？」

カヤが身を乗り出して問うと、スコットと呼ばれた男は、崩れるようにテーブル席に腰かけながら、「ああ」と返事をする。昼の光が目に沁（し）みる、とでも言いたげな顔だ。

「あれだよ、近ごろ多いやつさ。ネットで聞きかじった知識を元に、気軽に悪魔主義（サタニズム）に手を出した挙句、始末に負えねぇモンを呼び出しちまって、にっちもさっちもいかなくなったってアレさ。うっかり悪魔憑（つ）きになった奴らが三人だぜ三人！　もう暴れるわ喚（わめ）くわ漏らすわ垂れるわで、宵の口からかかって、ひとりずつやっつけてるうちに朝になっちまった」

「そりゃあ難儀だったねぇ」

カヤと客の会話を横で聞きながら、どう難儀だったのかまるで想像がつかないけれど、何だか「一族」の人たちも大変そうだ、とエリヤは考えた。それにしても――。

「ネットで、ですか」

悪魔主義だの悪魔憑きだのの言葉とは、およそなじみそうにもないシロモノだ、と思いつつ呟くと、思いがけずスコットにその呟きを拾われた。

「そうさ。昔は魔界とアクセスするような高度な魔術の知識は、それ相応の難しい魔術書を読まなきゃ手に入らなかったし、そういう本は大概好事家の秘蔵コレクションか教会の隠し書庫に収蔵されて、一般人には禁書になっていたんだ。でもこのサイバー時代に、そんな古式ゆかしい作法はもう通用しねぇ。あんたにも想像つくだろ？」

「ネット空間に、魔術に関する秘密情報が流出したってことですか？」

見かけいかにも「魔法使い」な人の口から「サイバー」なんて言葉が出ることには違和感しかないが、考えてみれば、モノが魔術だの悪魔だのでなければ、今どきよく聞くネットトラブルの話ではある。古風なしきたりを守って生きている「一族」の人々ですら、今はそういうものと無縁ではいられないということだろうか。

「そう、そして一部のプロしか手を触れられなかった奥義が、そこらへんの悪ガキの手に渡っちまった。だがああいうものは、それ相応の覚悟と対応能力のない奴らが扱っちゃならねぇんだ。下手こいてうっかりしたモンを呼び出しちまったら、火傷程度じゃすまねぇからな」

その「うっかりしたモン」が具体的にどういうものかを想像しかけて、エリヤはぞっとした。それこそ「人を取って食う」たぐいのものだろう。知らないほうが幸せかもしれない。

「事故件数が多すぎて、ローマの総本山でもエクソシストが人手不足だって悲鳴あげてるくらいだからね」

「最近じゃ、スマホ越しに悪魔祓いを受けられるアプリが開発されたとか聞くしな」

「ああ、あたしそれ一応入れてるよ」

ほれ、とカヤがローブの懐から取り出して見せたのは、紛れもなく最新型のスマートフォンだ。さささっと指先で操作すれば、あっという間にバチカン直通アプリが立ち上がり、何やら呪文の詠唱のような音が流れ出す。

「……すごい話ですねぇ」

おとぎ話に登場する魔女そのもののようなカヤが、あっさりとスマホを操作する光景を見て、エリヤは呆気に取られる。

どうやら「一族」というのは、エリヤが想像していたほどファンタジーな存在ではなく、思いのほか普通の人間の社会に溶け込んでいるものらしい。ぽかんと口を開けているエリヤに、スコットという若い男はにやりと笑い、「ああ、あんたはまだ新参者だったよな」と少々の侮りを含んだ口調で告げた。

「じゃあ、まだ俺たちの生業についてもよく知らねぇか。悪魔狩りってのは要は魔術に手を出してドジこいた人間どもの始末屋だ。野郎どもがしでかした失敗を尻拭いして、うっかり呼び出しちまった悪霊だの魔物だのを退治するなり追い返すなりしてから、それ相応の報酬をいただく。それが俺たち『一族』の古くからの生業のひとつだ。危険な仕事だが、長年衰亡の一途だった俺たちにとっちゃ貴重な現金収入の機会だからな。けっこうな人数の奴らが『領地』と人間界の間を行き来して従事してる。マギウスさまがこの店を再開されたのも、こっちとあっちを行き来する『一族』の者が増えて、『門（ゲート）』を増やす必要ができたからだろう？」

「……まあ、それもあるね」

それだけが理由じゃないんだが、という含みを持たせて、カヤが返答する。

「悪魔どもの残滓（ざんし）や穢れを落とさないまま『領地』に戻ってこられちゃ、何が起こるかわからない。『領地』には無力な赤ん坊も年寄りもいるからね。だから『一族』の者は、ここみたいな『門（ゲート）』で仕事の垢（あか）を落としてからねぐらに戻るのが掟（おきて）だ。それはもうあんたも知ってるね、エリヤ」

「はい」

「この店はスコーンやサンドイッチも出すが、それはあくまで腹ペコで仕事から帰ってくる者たちへのサービスだ。主な目的は、心身が疲弊した一族の者たちを、ハーブの力で清め癒やすこと。そのためには、覚えなきゃならないことがまだまだ山積みだよ。いくらあんたがその手に『神のさじ加減』を宿していても、不勉強なままじゃ何にもなりゃしない」

「へえ、『神のさじ加減』」

カヤの言葉に、スコットが興味を示して割って入る。

「それはまた、久しく聞かない言葉だな。最後の能力者が死んでもう百年だか経っているんじゃなかったか？　今はもう、どこもかしこも普通のハーバリストばっかりになっちまったんだろ？」

それがこの店にねぇ――と、赤毛の青年は明らかに疑う顔つきだ。

「一族そのものの数が激減しちまったんだ。『神のさじ加減』に限らず、特殊能力者が減るのはしょうがないさ」

カヤのその声には、隠しようもない寂しさが滲んでいる。

「生業が少々景気よくなったところで、あたしたちが斜陽なのは変わりない。総領家の方々も、まだまだ気苦労が絶えないだろうよ」

「そうだ、総領家といえば、次期当主はアーサーさまに決まったのか？　マギウスさまは……」

「さ、エリヤ、あんたの初仕事だよ」

カヤは――明らかにわざと――スコットの言葉を遮り、エリヤに顔を向ける。

「この疲れ果てた若いのに、何か一杯振る舞っておやり。あんたにはもう、それくらいできる力があるはずだって、マギウスさまもおっしゃっていたからね」

店の片隅の籠の中で眠る猫が、片目をぱちりと開いてエリヤたちを見ていた。


エリヤは摘みたてのフレッシュハーブが大好きだ。だが、「アップルブロッサム」では、客に供するティーに生葉は使わない予定である。

あの清冽（せいれつ）な香りを味わってもらえないのは残念だが、万が一にも虫がついていたり、鳥の糞（ふん）に汚染されたりしていてはいけないからと、マギウスに止められたのだ。

マギウスはやさしい人だ。だが反面、経営者としてはとても厳しい。客に供するものに関して、決してエリヤの勝手な裁量は許容しない方針だ。その一方で、こんな場面では、容赦なくひとりでやってみろと突き放される。ずいぶんなスパルタ式だ。

「こっちは『神のさじ加減』が何かもまだよくわからないっていうのに……厳しいなぁ」

「不服か？」

不意にマギウスの声がして、エリヤはあやうくドライハーブを入れたガラス瓶を棚から落とすところだった。厨房裏の貯蔵庫は店舗部分からは壁一枚で遮られていて薄暗く、マギウスの長身はその入り口を塞ぐように立っている。

「マギウス、あなた……」

猫の姿で寝ていたんじゃ――と思っていると、マギウスは例の優雅な足どりで歩み寄ってくる。

「エリヤ、お前に『神のさじ加減』の資質があると判断したのはわたしだ。そのことを疑ったことはない。だからこそああいう輩に侮られないよう、カヤをつけて大事に育ててきたつもりだ」

ああいう輩、とは、今客席にいるスコットのことだろう。特別ひどい罵倒を吐いたわけではないが、明らかにエリヤを新参者と侮っていた――。

「純血の『一族』の者は、片親が一族の者でなかったり、お前のように一族の力の一部のみを引きついでいる者を、『半人(ハーフ)』などと言って、下に見る悪癖がある。よいことではないのはわかっているが、人の心の奥底に根を張ったものを改めさせるのは容易なことではなくてな」

ふっ、とため息をつく。

「だがわたしは、半端な覚悟で亡母の店を再開したのではないし、どうでもいいアルバイトのつもりでお前を雇ったのでもない。この店を、多くの者から長く愛される、よい店にしたいからこそ、お前を選んだ」

——お前を選んだ……。

エリヤは両腕に抱えたガラス瓶を、ぎゅっと抱きしめた。

「大丈夫だ、お前にならできる。怖気(おじけ)づかずに力を尽くすがいい」

いきなり、両肩に手をかけられ、引き寄せられてエリヤはつんのめった。背の高いマギウスの胸元に激突した顔の、額にキスを受ける。

「心配ない、わたしがついている。ここでお前を見守っているから——」

まぶたに火がついたようだった。涙が出るのかと思ったが、そうではなかった。

エリヤの内側に、突然、とてつもなく豊かで温かいものが湧き上がってきた。気がついた時には、猛然と、幾つものハーブの瓶を腕に抱えていた。

エルダーフラワー、レモングラス、ラベンダー。主として神経鎮静効果のあるもの、苛立ち尖った心を和ませる香りのあるものを配合する。朝一番の時間帯だし、さっぱりした感じを優先したほうがいいだろうと考え、レモングラスは少し多めに。でもクドさやえぐみが出ない程度に――。

不思議に、どんどん配合を決めてゆくことができる。インスピレーションが降りてくる。今まではカヤのアドバイスを受けても、散々逡巡してからしか決めることができなかったのに。

（まるでこの手が、ハーブからのメッセージをキャッチしているみたいだ――）

ハーブの調合を終え、電気ポットで湯を沸かす。沸くまでの間、エリヤは貯蔵庫の陰から見守ってくれているマギウスを見つめ返した。

黒い瞳が、言葉よりも雄弁に語りかけてくる。

――心配ない、わたしがついている……。

「お待たせしました」

沸騰してからひと呼吸置いた湯を注いで三分。薄い黄金色のハーブティーが完成だ。

「『徹夜のあとの安眠ブレンド』です」

かちゃん……とソーサーとカップを置く。ハーブティーの澄んだ水色を見せるために、どちらも透明の耐熱ガラス製だ。

エリヤの声を聞いて、カヤは会心の笑みを浮かべ、スコットは「へえ」と口の端を吊り上げた。

「名前はそれっぽいし色もいいな。だが、味と効能のほうは――……」

「まあ、飲んでごらんよ。四の五の言わずにさ。それぞれ、ぐーっとね」

カヤが横からやんわりと勧める。スコットも祖母のような年回りの老婆にそう言われては拒めなかったのだろう。本当に大丈夫なんだろうな、という顔でおそるおそる口をつける。

すっとひと口含んで、スコットはひゅっ、と息を詰めた。誤嚥（ごえん）したか、とエリヤは一瞬焦ったが、次に若い一族の口から漏れたのは、深く安堵したような長い吐息だ。

疲れ切った体を、湯船に沈めた時のような。

多忙な一日を終えて、ベッドに身を横たえた時のような――。

「美味い」

スコットが呟き、視線を上げてエリヤを見た。

「体の隅々にまで、細胞のひとつひとつまで沁み込んでいくようなこの感覚――まさしく『神のさじ加減』のなせるわざだ。体にべったり積み重なっていた悪魔みてぇに重っ苦しいもんが、いきなりこう、ドササーッと落ちていったぜ……」

スコットから、エリヤに向けてすっと手が伸びてくる。握手を求められているのだと気づいたのは、「何やってんだ」という顔で睨まれてからだ。

「あ、ああ、すみません。日本育ちなのでまだ握手の習慣に慣れなくて――」

「ああ、そういうことか。握手も嫌なくらい怒らせちまったのかと思ったぜ」

エリヤが差し出した手を握りしめたスコットの力は、しっかりと強いものだった。

「参ったよ。あんたは立派な『一族』の能力の使い手だ」

「気に入っていただけて何よりです」

ほっと息をつく。するとその瞬間、エリヤの肩肘からも、何かがすっと離れたような感覚があった。

おそらくこれこそが『神のさじ加減』の力なのだろう。どうやら一族の能力というのは、常時起動しているのではなく、必要に応じて目覚めたり眠ったりするらしい。

（なるほど、これればかりは自分で感覚を摑むしかないな。カヤやマギウスがスパルタ式なわけだ――）

ぐぅ、と腹の鳴る音がした。全員で目を瞠っていると、スコットが恥ずかしげに自分の腹に手を当てている。

「……何か、食うもんある？」

エリヤは笑ってしまいそうになるのを必死に堪えた。背後ではカヤが、遠慮会釈もなくヒィヒィと笑っていたが。

「スコーンは焼きたてがありますけど、サンドイッチもすぐ作れますよ。ツナか卵のどちらかになりますけど」

「両方頼めるか？」

エリヤと同年代のスコットは、若々しい食欲を覗かせながら照れ笑いをした。エリヤは微笑みながら、「食べ終わったら、家に帰ってよく寝てくださいね」と告げた。

かさかさと、下草を踏むかすかな音がする。

「……ん？」

生い茂ったハーブの間から、エリヤは顔を上げて目を凝らした。花壇にしゃがんだまま麦わら帽子のつばを上げ、周囲を見回す。

何か生き物の気配がそばをよぎったような気がしたのだ。一瞬、猫姿のマギウスか、と思ったが、どうやらもう少し大きい。

「お客さんかな……？」

一族の人々は、何らかの動物に変化する能力を持つ。「アップルブロッサム」にも、これまで豹や鷹やら馬やら狼やら、びっくりするような「お客さん」が何人もやってきた。

（何かもう、何があっても驚かなくなっちゃったなあ……）

ははは……と苦笑を漏らしながら、園芸ハサミを動かす。手元の提げ籠には、伸び伸びと育ったカモミール、ペパーミント、ローズマリー、セージが山盛りだ。そうそう、それと忘れちゃいけない、人間にはちょっとクセのある香りのキャットニップも、しっかり備蓄しておかなくては。

「さて、こんなもんか」

籠を抱えて立ち上がる。すると高くなった視界の真ん中に、ぎくん、と立ち竦んだ姿の獣が一匹、飛び込んできた。

犬……？　いや、このふっさりした尻尾と三角形の黒い耳は……。

「キツネだぁ……」

綺麗、とエリヤはつい歓声をあげてしまう。あ、しまった。お客さんかもしれないのに——と口を噤(つぐ)んだが、キツネはふいとエリヤに背を向け、ぽんぽんと弾むような足取りで、ハーブ園を囲む生垣の向こうに消えていった。

あとには風が吹きすぎるばかり——。

「本物のキツネだったのかな？」

一族の能力をごくわずかしか持たないエリヤには、見分けがつかない。このハーブ園には、普通に鳥も虫もイタチもヘビも来るのだ。笊(ざる)に並べて干していたベリーを失敬したネズミと目が合ったこともある。どこからか本物のキツネの一匹くらい迷い込んでも不思議はない。

「でも本当に綺麗な子だったな……」

夏の日差しにキラキラと輝く肢体は黄金に近いキツネ色で、エリヤをじっと見つめていた双眸(そうぼう)は澄んだ青色だった。今は瘦せて見えるが、季節が巡って冬毛でもふもふしてくれば、さぞや愛らしいだろう。

また来てくれないかなぁ、などと考えながら店の裏口ドアに手をかけた瞬間、不意に背後から伸びた手に、ノブを横取りされる。

「……マギウス」

「ただいま」

午前中は仕入れのために外出していたマギウスが、親しい距離からエリヤを見下ろしている。やさしげな色を湛えた黒い双眸に、やや戸惑った表情のエリヤが映っていた。

かちゃん、と音がして、ノブがひねられ、ドアが引き開けられる。さあ、とエリヤの肩を抱かんばかりに屋内へエスコートする手つきは、まるで貴婦人に接するかのようだ。

「マギウス、あの、おれ、女の子じゃないんですよ？」

こんなことしてもらわなくても——と言いたげなエリヤの顔つきに、マギウスはくすりと苦笑した。

「わかっている。大事な従業員が大荷物を持ったままドアを開けようとしているから、少し手を貸しただけだ。それが可笑しいか？」

「……」

エリヤはマギウスに見られないよう、うつむきがちの姿勢で、唇を嚙む。

マギウスはやさしい。時々過剰なほどに。それはエリヤにとってはとても嬉しいことのはずなのだけれど、最近少し、それを胸苦しく感じることが増えてきた。

エリヤのハーブ使いとしての能力は、この店のオーナーであるマギウスにとっても、この店を人間界への通路として利用する「一族」の人々にとっても、もはや欠かせないものだ。もしエリヤがいなくなったら、みんなが困る。マギウスはエリヤに自分のことをあまり話さないけれども、おそらく「一族」の人々に対して庇護者的な立場にある人で、だから彼らにとって必要な存在であるエリヤを大切に、下へも置かぬように扱っている。ただそれだけだ。

(間違っても、マギウスにおれへの特別な情愛があるんじゃないか——なんて、勘違いしちゃいけない。そんなのは図々しいし、この人にとっても迷惑なはずだ)

たとえば、家族みたいな、友だちみたいな、同志みたいな、特別な存在。それに自分がなれるかもしれない。そんな期待、しちゃいけない。血縁者がひとりもいない孤児のエリヤのそれは、家族のいる人間のそれの何倍も重いのだ。そんなものを、この人に背負わせちゃいけない。

——そう自分に言い聞かせ始めたのはごく最近なのだけれども、そうなってからほんの数日の間に、もはや、自分への縛めに心が耐えられなくなってきている。胸の中に、心臓以外に動く何かが棲みついてしまったみたいに。

「マギウス、ところで今日のランチ——っていうかもう、アフタヌーン・ティーの時間ですね。売れ残りのスコーンくらいしかありませんけど、キュウリサンドイッチならすぐ作りますよ？」

正体のわからない胸苦しさを振り切って、エリヤは尋ねた。

「……そうだな。頼もうか」

エリヤの形相に、何か可笑しなところでもあったのか、苦笑気味の声が返ってくる。

「ではわたしは、コーヒーを淹れるとしよう」

「え、あなたがコーヒーを？」

確か飲食物をさわるのは苦手なんじゃ——と驚く顔を向けると、マギウスは「ああ」と肩を竦めている。

「お前が来てから、朝昼晩の食生活が充実して、毎日幸せに過ごさせてもらっている。だからたまにはわたしも、何かしないとな——お前のために」

エリヤはぴくりと反応した。今の「お前のために」という言葉には、何か意味深な響きがあったような気がする。

馬鹿だな、錯覚だ。一瞬覚えた嬉しさを踏み潰し、エリヤは笑顔を作る。

「……じゃあ、お願いします」

ああ、とひとつ頷いて、マギウスは二階の住居スペースへ上って行った。コーヒー豆は店には置いていないのだ。メニューにタンポポコーヒーがあるし、カフェインを欲する客は、この店では紅茶かマテ茶を注文する。

間もなく、二階でがたがたと家探しをする音が聞こえてきた。どうやらどこに豆を仕舞ったか忘れてしまったらしい。本当に大丈夫なのかな――と不安を覚えながら、思わずため息が漏れる。

――何かしないとな……お前のために……。

マギウスは罪作りだ。きっとエリヤのような寄る辺ない孤児にとって、ああいう言葉がどれほど甘美で、思わず飛びつきたくなるほど美味しい餌か、理解していないのだろう。エリヤに限らず、恵まれない境遇の相手に、無責任に期待させるようなことを言うのはよくないと、あとでそれとなく注意しておかなくては――。

不意に、がたがたと窓ガラスが揺れた。見れば空が、急激に黒い曇天に塗り替えられている。

「雨……？」

いつまでも鬱陶しい暑気が居座り続けるアジアの島国にくらべて、この国の夏はやってきたかと思えば足早に去ってゆく。エリヤの肌感覚では、朝夕の風にはもう秋の気配が忍び込みつつある。天気が急激に変わりやすい時期が来ているのかもしれない。

よかった、今は天日干しにしているハーブや果実はないから、降られても大丈夫――そう安堵する間に、ざっ……と驟雨の音が響き始める。

続いて、雷鳴――。

「うわ」

　エリヤは首を竦めた。悲鳴をあげるほど嫌いというわけではないが、それでもいきなりこの至近距離は驚く。

（これは、午後はお客さん来ないかもしれないなぁ――）

　そうだとすると、サンドイッチのために作り置いてあったキュウリスライスのワインビネガー漬けが余ってしまいそうだ。いっそマギウスとふたりで全部食べてしまおうか。そういえばあの人、いつまでコーヒー豆を探しているんだろう……と階段上を覗いて首を伸ばした時、突然、ドアベルが鳴った。市街地側からの来客だった。

「スコットさん……」

　ドアを潜って現れたのは、ローブ姿の赤毛の若者だ。

「邪魔するぜ、『神のさじ加減』さま」

　にやっと笑うのに、エリヤは笑い返しながら首を振る。

「よしてください、くすぐったい。おれはただの店員です」

「今さらめんどくせぇ謙遜なんかするなよ」

　スコットは、濡れたローブの水滴をドアの外へざっと払った。

「実は俺もツレもずぶ濡れなんだが、入っても構わないか？」

「ああ、降られちゃいましたか。どうぞ、ご遠慮なく」

エリヤは快く客席へ招く。ローブの裾から雨水を滴らせたスコットが入店すると、その背後から、もうひとりの、似た身なりの人物が入ってきた。

スコットは半身を引き、その人物のためにに店のドアを開けたままにしてやっている。ついさっき、マギウスがエリヤにしてくれたように。その仕草だけで、その人物がスコットにとって大切な存在なのだとわかる。

小柄で、細い体型。女性だ。恋人だろうか――？

すっぽりとフードをかぶったままのその人を前に首を傾げていると、スコットははにかみながら「女房だ」と告げる。すっと取り除(の)けられたフードの中から現れた長い髪は、まるでスコットとお揃(そろ)いのような赤毛だった。

「初めまして、『神のさじ加減』さま。ヘザーと申します」

赤毛のヘザーは、その夫同様、少女のような若々しい容姿の持ち主だった。鼻梁(びりょう)から頬骨(ほお)にかけて散らばるそばかすが、いっそう子どもっぽい印象を強めている。

「結婚してらしたんですか――……」

おれと同じくらいの年なのに、と単純な驚きを込めて呟くと、スコットはへへへと照れ笑いをし、

「古いしきたりでな、一族の者は早婚が多いんだ」

鼻柱を掻きながら言う。

「こいつとは幼なじみでさ、恋人ってより気心の知れた友だちって感じだったんだけど、一族は年々人数が減っているからな。お互い気に入っているのなら、早く結婚してとっとと家庭を作れとせっつかれちまって」

なるほど。周囲のお膳立てで早婚させられたカップルというわけだ。

「幸せで仲良くやれているのなら、いいじゃないですか。何でも」

血縁者がいないエリヤは、微妙な羨ましさを感じながらも、若夫婦のために椅子をふたつ引く。そしてお冷とおしぼり（マギウスに提案して導入した日本式）を出して、ふと気づく。

「乾いたタオルのほうがいいなら、お貸ししますけど――」

「ええ、お願いできますか？」

苦笑気味に答えたヘザーは、濡れた長い髪の始末に苦労している。髪の房先から垂れた滴が床板に水たまりを作っているのを見て、これはいっそバスタオルが必要かもしれない――と思ったその時だった。

床の水たまりが、いきなりぶわりと膨れ上がった。ちょうど、マギウスが猫の姿から人間に変化する時のように、それが鉤爪を持つ怪物の姿を取る。

「きゃあああ！」

「しまった！」

よほど余裕がなかったのだろう。スコットがかけていた椅子を蹴るようにして飛び退く。

「魔物の残りだ！　離れろエリヤ！」

スコットは、ほとんど体当たりに近い一撃をエリヤに食らわせた。その場から吹っ飛んで転がったエリヤと共に、テーブル上の塩やコショウ、つまようじの小瓶が散乱する。エリヤは何が何だかわからないまま跳ね起き、スコットを見た。若い一族の一員は、たった今までエリヤがいた場所で、杖一本を楯代わりに、水たまりから飛び出て来た黒くぬらぬらとしたかたまりと正面から組み合っている。

もしその場にエリヤが突っ立ったままだったら、ひとたまりもなかったろう。

「く、そっ……！　まさか、女房の髪に潜んでいやがったとは……っ」

ぎりぎりと押されながら、歯噛みする。その向こうから、

「ひ、いいい……！」

つんざくような悲鳴。ヘザーが、長い赤毛を掻き毟るような姿勢で苦悶している。自身の髪に憑いたものに締め上げられているように、エリヤには見えた。

「エリヤ、そこらへんに聖水の小瓶が転がっていないか！　探してくれ！」

「えっ、は、は、はい！」

とっさに床に這いつくばったエリヤは、だがその場に散らばる小瓶の多さに戸惑った。聖水の小瓶

というのは、いったいどれだ――！

「エリヤ！」

その時二階から駆け降りてくる気配があった。マギウスだ。

「エリヤ、無事か！」

その声に、若夫婦を襲撃していた怪物の意識が、一瞬逸れる。その期を逃さず、スコットは杖を振り抜き、怪物を払いのける。だが黒い不定形な怪物は、そのまま空を飛んでカウンターに張りつき、ぐにゅりと体をたわませた。ネズミに飛び掛かる寸前の猫のように。

――まるで、より美味しい獲物を見つけた、と言わんばかりに……。

「く、っ」

マギウスが迎え撃つべく、両手を構える。

「マギウス！」

怪物の標的がマギウスに変わった。そうと察したエリヤはとっさに、ある小瓶を取り上げ、蓋を毟り取る。そして野球のピッチャーのように振りかぶり――中身を、怪物の背に向かってぶちまけた。

じゅうっ！　と、何かが焦げ付く音。

「退魔！」

その一瞬の隙に、マギウスが両手で空を切った。その手から刃のような力が生じ、シュン！　と怪

物を斬り裂く。

　エリヤが生まれて初めて聞く怪物の断末魔は、狼の遠吠えに似た、オオーン……とあとを引くものだった。黒いかたまりはたちまち黒い水に戻り、その場の床に、べしゃりと落ちて広がる。しゅうしゅう……と酸が発泡するような音が、徐々に小さくなっていく。

「や……やったか……？」

　スコットが、おそるおそる怪物の溶けた床を確認に向かう。そしてその痕跡をつま先で突きながら、エリヤの顔を見て、「大丈夫か……？」と問いかけてきた。

　エリヤはといえば、空になった小瓶を手に、へたん、と床に座り込んだままだ。そんなエリヤの手を、スコットが持ち上げる。

「うわ、あんたこれ――」

　エリヤが手に握りしめたままの小瓶を見て、赤毛の若者は驚いた。

「聖水にしちゃ何か変だと思ったら、テーブルソルトじゃないか。何でこんなもんであの魔物を――……」

「見せてくれ」

　マギウスが横から手を伸ばして小瓶をもぎ取る。しばらく矯めつ眇めつし、ふう、と安堵のような感嘆のようなため息をついた。

「どうやらわたしたちは、エリヤのおかげで命拾いをしたようだ」

「マギウス？」

「ただの塩が、エリヤの身に宿った力によって、聖水以上のマジックアイテムに変じている」

マギウスは小瓶を逆さにし、軽く左右に振った。わずかに残っていた塩粒が落ち、床に広がる魔物の痕跡を、再度ジュゥゥゥ……と発泡させる。

それを見たスコットは、若干混乱したような顔をしている。

「えっ、でも、塩が魔に効くなんて、そんなん聞いたこともねぇ……！」

「この国ではそうだが、おそらくエリヤの生まれた国では違うのだろう。そうだな、エリヤ」

「え、ええ、はい」

マギウスが魔物に襲われる。あの瞬間、とっさにエリヤが思い浮かべたのは、養祖母の顔だ。

彼女は、イギリス人の自分がするのは変だろうけれど、と言いつつ、店を開ける前に玄関に盛り塩をするのを忘れなかった——。

「魔除け、というか清めに塩を使うのは、日本の古い慣習なんです。とっさにそれを思い出して、でもまさか、こんなに効くなんて」

マギウスの顔を見つめ返すうちに、魔物が彼を標的にしていると悟った瞬間の恐怖が蘇ってきて、エリヤは歯の根も合わないほど震え始めてしまった。今思えば、よくあんなことができたものだと血の気が引く。あの一瞬、エリヤは無我夢中で——けれどもその手に確かな力と意志を宿して、マギウスを魔物の毒牙から守ろうとした。まるで戦い方を知り抜いた戦士のように、手が勝手に動いた。あの感覚は、「神のさじ加減」の発動と似ていた——。

突然、どたん、と床の鳴る音がした。エリヤは一瞬、自分が倒れた音ではないかと錯覚した。だが見れば赤毛のヘザーが、意識を失って床に伸びている。スコットは慌てふためき、「ヘザー！」と妻の名を叫びながら駆け寄った。

「ヘザーさん！」

エリヤもまた、跳ね上がるように立ち上がり、新しいおしぼりを手に駆け寄ろうとする。その時背後から、不意に腕を摑まれた。

「マ……」

マギウス、何ですか？

そう言おうとしたのに、声が出なかった。それよりも早く、マギウスの腕にしっかりと抱きしめられたからだ。

潰されるかと思うほどの力で。

気がつけば、マギウスの顔が鼻先にあった。あまりの至近距離に、思わず顔を逸らしかけたのを、顎を摑まれて引き戻される。紳士的なマギウスらしからぬ強引な仕草だ。

――え……。

まさか、と思う間も与えられず、口を塞がれた。とっさに掌(てのひら)で突き放して離れようとしたのに、マギウスは許してくれなかった。骨が軋(きし)むほど抱きしめられて、後ろに回った手で頭を引き寄せられ、貪るような、紛れもない本物のキスを奪われる。

――あ……！

何の覚悟もできていなかったのに、マギウスはいきなり、舌まで入れてくる。ぬるっ、と口蓋の裏を舐められて、全身の肌が粟立(あわだ)った

ひっ、という悲鳴をあげられたのは、心の中でだけ。パニックを起こしている体は、指の一本も動かせない。

（な、何で、何で……？）

何で、どうして。

どうして、マギウスがおれに、こんなキスを――……？

息もできない数秒間。ようやく、たっぷりと余韻を残して、ぬるり……とマギウスの唇が離れる。

「あ……」

エリヤがパニック状態で硬直していたその時、背後でスコットが立ち上がった。倒れていた赤毛の妻を抱き支えている。

「おい、しっかりしろヘザー、どこかやられたか？」

「大丈夫よ……少しふらつくけれど」

ヘザーは椅子に腰かけさせられながら、気丈に頭を振っている。

「すまなかった。俺のミスだ。ちゃんと全身チェックしたつもりで、見逃してた——」

「ううん、憑りつかれたのはわたしの髪なのだからわたしの責任。それよりマギウスさまと『神のさじ加減』さまにお詫(わ)びをしないと……」

若夫婦の目が、そろってこちらを向く気配。

エリヤは慌てて、マギウスを突き飛ばす。マギウスは、何も言わずにエリヤを離す。

そこに漂う空気に何かを悟ったのか、スコットとヘザーは、互いに視線を交わし、ひとつ頷いて、夫婦の阿吽(あうん)の呼吸で、すみやかにふたりから目を逸らした。

いつの間にか雨の止(や)んだハーブ園から、ケーン……と、キツネの鳴き声が聞こえてきた。


ぴちゃん……と、静かに響く滴の音。

エリヤは浴槽の中で膝を抱えて背を丸めた。

すでに夜は更け、「アップルブロッサム」はふたつの世界の夜に抱かれて、どこまでも静かだ。湯船には木綿布に入れたリンデンとカモミールが浮かび、浴室中に芳香が満ちている。心を慰め、癒やす効果のある香り。

そんなものを必要とするほど、エリヤは混乱している。

「何で……」

じゃば……と湯から片手を出し、濡れた指先で唇に触れる。

「どうして、マギウス……」

あのあと、「うかつに魔物の残滓を持ち込んでしまって申し訳なかった」と平身低頭あやまる若夫婦に、マギウスは、いや、と首を横に振って言った。

――いや、こういった事態をまったく用心していなかったこちらにも責めはある。我ら一族の生業は、どんなに気をつけていてもこういうリスクをゼロにはできない。今回はエリヤの機転で助かったが、わたしも油断しすぎていた……。

堂々と優雅な物腰で、自らの非を認める姿は、本当に気高く、格好よかった。大人の男とは、こういうものか――と思うような姿だった。

いつものエリヤなら、その姿に焦がれていただろう。その焦がれる目で彼を見つめ、憧れて、いつか自分もこんな大人になりたいと、胸を熱くしていただろう。

でも今は違う。

今この体を、腹の底からじりじりと炙（あぶ）っている熱は、今までとはまったく別のものだ――。

「どうして……」

あのあと、マギウスはまったく普通の様子だった。エリヤに対する態度もいつも通りで、店の片づけが終わったあとは、猫の姿になり、店舗スペースの端に置かれた籠の中で眠り始めた。二階に上がるエリヤにかけた「おやすみ」という声にも、動揺や戸惑いはなかったように思う。そんなマギウスにエリヤもまた、精一杯平静を装って「おやすみなさい」と告げて一日を終えた。

だが目を閉じれば、エリヤの網膜にはあの瞬間のマギウスの顔が蘇ってくる。理性を飛ばし、目の前の獲物に食らいつくことしか頭にないような、本能のままの獣の顔。

――ぞくん、と震える。

じゃぶん、と音を立てて、膝頭に額を乗せ、はぁ……と喘（あえ）ぐ。

「何で、あんなことするんだよ……」

じんわりと涙が滲んできて、思わず恨み言が漏れる。

冷静になれ。あれはきっと、マギウスにとっても、パニックになった挙句の行為だったに違いない。突発的なトラブルを運よく切り抜けることができて、自分もエリヤも無事だった――と安堵するあまり、つい衝動的に……というところではないか。

（ほら、よくあるじゃないか。アクション映画で危機一髪の目に遭った男女が、急に熱烈なキスをおっぱじめるやつ……）

うん、そうだ。きっとそうだ。常に冷静なマギウスだけれども、あの時はちょっとだけおかしくなっていて、ついエリヤに手を出してしまっただけなんだろう。初めてこの店に来て、動物に変化する一族の能力や、「神のさじ加減」について明かされた時も、「契約」だとかでいきなり額にキスをされたし……。

「それに、色んな意味で常識から外れた人だからなぁ……」

時々、信じられないほど世間知らずなところのある人だ（そもそも人間じゃないのだから仕方がないが）。だからきっと、自分のせいでエリヤが煩悶しているなどとは、想像もしていないに違いない。マギウスにしてみれば、ちょっとふざけただけ、って感じなんだろうから。

「そうだ、きっとそうだよ……」

エリヤは湯の中の両脚をもじもじと交差させながら思った。こんな、むずむずするような、心臓が腫れて痛いような、体の芯が餓えるようなおかしな気持ちは、消してしまうべきだ。消して、忘れてしまうべきだ。

マギウスは大切な人なのだ。こんな、エロ本を見て昂奮した時みたいな、動物的で即物的な感情で接するべきじゃない。

カモミールから滲み出る薄黄色い色の湯を揺らしながら、エリヤは浴槽から立ち上がった。

「……今朝はどうしたんだ？」

ロンドンには珍しいすっきりとした晴天だった。「アップルブロッサム」の店内に差し込む朝日の中、猫から人間の姿に戻ったマギウスが、次々に皿を並べられるテーブルを前に、驚いた顔をしている。

「朝からずいぶんと御馳走じゃないか」

焼き目ひとつなく綺麗に焼き上げただしまき卵。ツナと一緒に炒めてパクチーをふりかけたにんじんの千切り。コンソメスープにカリカリトーストを砕いて浮き身にしたもの。グリーンピースの炊き込みごはん。和食風洋食といった趣のメニューだ。スープに入っている摘みたてのチャービルが、たまねぎに似た香りを放って、何とも言えず食欲をそそる。

「え……っ、と、その」

スープカップをテーブルに載せながら、エリヤはマギウスから逸れたがる視線を必死に戻した。とても言えない。あなたに対して邪な気持ちになったのが後ろめたくて、つい、それとなく詫びを入れなくては気がすまなかっただなんて。

「すみません」

　エリヤは対面に座ったマギウスに頭を下げる。

「勝手にこんなメニューにしてしまいましたけど……気に入りませんか？」

「いや、そうじゃない」

　マギウスは急いだように驚き顔を微苦笑に改めて首を振る。

「そうじゃないんだが……」

　突然、マギウスの手が対面のエリヤに向かって伸びてきた。そしてフォークを持った手を握りしめられ、エリヤはぴしりと固まる。

（えっ、ちょ……）

　エリヤは冷や汗にまみれた。緊張とストレスで、心臓がぎゅうっと絞り上げられる。

　おまけに、思わず正面から見つめてしまったマギウスの顔は、顔は――……エリヤは縮み上がったばかりの心臓が再度大きく鼓動するというストレスの上積みにさらされた。

　マギウスは、ひどく切実な、切なげな目でエリヤを見ていたのだ。目を眇めて、眉を寄せて。

　これは駄目だ、とエリヤは震え上がった。駄目だ。見てはいけないものを見てしまった。

　――イケメンの切な顔なんて、ひと目見たら最後だ。心臓が止まる。石化する。そのまま陽にあたって溶ける。やめて、やめて、やめてくれ……！

「マギウ……」

「……帰りたくなったか？」

「は？」

何だって？

マギウスから放たれた言葉を受け止め損ねて目を瞠るエリヤに、マギウスは手の力を強めて畳み掛けてくる。

「日本に帰りたくなったのか？　昨日……あんなことがあったから」

あんなこと。

あんな……。

エリヤは悲鳴もあげられなかった。摑まれた手の指から、フォークが転げ落ちてカラン、と音を立てる。

「い、いやいやいや、あの……！」

どうしよう、とエリヤは焦った。マギウスはあのこと、あの突然のキスに触れようとしている。どうしよう！

「あれからひと晩、考えた。昨日は曖昧にしてしまったが、やはりそれはよくないだろうと」

「あああ、あの、マギウス、それは……！」

やめて。触れないで。あのことに触れられるには、まだ心の準備が――。

「……この店で働くということは、我ら一族と接点を持つということ。そうなれば、確率は低いとはいえ、闇の者たち、魔の眷属に遭遇する危険はゼロではない。現に昨日がそうだった」

真面目な顔で語り始めるマギウスに、エリヤは思わず「へ？」と間の抜けた声をあげた。

——え、そっち？　想像していたのと違う……。

「お前には独特の、強い守護の力がある。初対面の時からわたしにはそのことがわかっていた。だがどうやらそのことが油断を招いてしまったようだ」

「マギウス……」

「あんなことはめったにないし、たとえあったとしてもお前ならば大丈夫だろうと勝手に決め込んでいた。大きな失態だ。たとえ結果的に体にはケガをせずにすんだとしても、何の心構えもないところをいきなりあんな化け物に襲われて、心が恐怖を感じないはずがない。現に昨夜のお前は血の気が失せて真っ青だった。そんなお前が」

ぐっ、とエリヤの手を握る力が強くなる。

「——怯えて、日本に帰りたいと、思ってしまっても、無理はない……」

——えーと。

エリヤは少々の時間を考え込み、そして自分とマギウスとの認識に相当のズレがあることをようやく理解した。

つまりマギウスが憂悶しているのは、自分の短慮からエリヤを危険な目に遭わせ、そのことでエリヤがこの店やこの国に愛想を尽かして去ってしまうのではないか……ということで。

一方、エリヤが考えていたのは、昨日のキスについてマギウスが何を言い出すのか――ということで……。

（うわ……）

エリヤは赤面して恥じ入った。正直、あの怪物のことなど忘れていた。というより、マギウスと出会ってからこちら、一族の者たちがごく日常的に動物に変化したり、自身がわけのわからない能力に目覚めてしまったりと、トンデモな出来事が次から次へと起こるので、感覚が麻痺していたのだ。

だがマギウスにしてみれば、もっとも重大だったのは命の危険を伴った怪物の襲撃だったに違いない。というか、それが当然だ。良識的な判断だ。

どさくさ紛れの、混乱した中でのキスひとつに、意識のすべてを奪われていたエリヤのほうが、可笑しいのだ――。

（お、おれの馬鹿！）

エリヤは自分を罵った。死にかねない目に遭ったっていうのに、何よりかによりエッチな出来事のほうが大事って、色気づいたばっかりのガキかよ。思春期かよ！　馬鹿！　痛い、痛すぎるぞおれ！

ひとりで青くなったり赤くなったりを繰り返しているエリヤを前に、マギウスは不安げに首を傾げ、エリヤの顔を覗き込むように見つめ返してくる。

「正直に答えてくれエリヤ。日本が恋しくなったのか？　このメニューは、そういう……」

「いやいやいや違いますよ！　ていうかどう斜めに考えたらそんな答えが出るんですか！」

マギウスのあまりに生真面目な、しかし大きくズレた言葉に、エリヤは慌てて否定の意味で手を振った。

「このメニューは、ただ単に一番作り慣れてて、お腹がいっぱいになるものを揃えたらこうなっただけです。あと、久しぶりに米のごはんが食べたいから、おかずも和風がいいなって……それだけなんです！」

不必要に強弁してしまったのは、もちろん、心にやましいことがあるからだ。ちょっと言い訳としては苦しかったかな、と悔やんでいると、案の定、マギウスは怪訝そうな顔をした。

「……そうなのか？」

「そうです！」

もうこれで押し通すしかない、とエリヤは腹を括る。

「おれ、あなたが思っているほどショックを受けてませんし、第一——帰るところなんて、もうどこにもありません。ここ以外には」

「……」

するとマギウスは、先ほどとはまた違う表情を浮かべてエリヤを見た。何か痛ましげな、悲嘆を堪えるような顔だ。あれ、とエリヤは思う。あれ、おれ、同情されてる――？

（どうしたんだろ……？　おれ、身の上のことは洗いざらいこの人に話してあったよな……？）

血縁者は不明で、育ての親もすでに他界し、愛着があった環境も他人の手に渡ってしまって、文字通り身ひとつでこの国に流れ着いたと。

すでに話してあった事実を再度口にしたところで、今さら新たな感慨などないだろうに――と思っていると、マギウスは突然、掌の中に顔を伏せた。左手はエリヤの右手を握ったままだ。

「マ、マギウス？　いったいどう――」

「すまない」

「はい？」

「わたしは今――お前に帰る場所がないと聞いて、哀れに思うより前に、安心してしまったんだ。どこにも行き場のないお前なら、ずっとここにいてくれる。手放さずにすむ……と」

まるで告解でもするかのような口調で、マギウスは苦しげに絞り出す。

「最低だな――わたしは」

恥じ入ったような、自己嫌悪の露わな表情。この堂々とした大人の男が、初めて見せる顔だ。

その顔が目に映った瞬間、どくり――と、大きく鼓動が跳ね、エリヤは頭の芯までが震えた。

（え――……え……それ、って……）

エリヤは懸命に考える。それって、おれにそばにいて欲しいっていう意味――？

マギウスがいっこうに離そうとしない右手の、きつく握り込んだ掌が、汗に濡れた。心臓の動きが大きすぎて、目の焦点がブレて合わない。

（いやちょっと待て、おれ）

エリヤは自分を戒めた。都合よく解釈するんじゃない。マギウスが言っているのは、今お前が願望まじりに考えているような意味じゃない。そんなことがあるはずがない。ちょっと熱烈にキスされたからって、すぐそっちの方角に考えようとするな。

エリヤは深呼吸をした。そして心を定めて、マギウスに告げた。

「マギウス、そんな風に言わないでください」

そしてマギウスが甲の側から握っている手を返し、逆にマギウスの手を握りしめる。

「あなたはこの店の経営者だ。店の経営に必要な従業員を引き止められて、安心するのは当たり前のことじゃないですか」

「エリヤ……？」

「それにこの『アップルブロッサム』は、ここを使って人間界へ出入りする一族の人たちにとって、昨日あったみたいな危険を回避するための安全な隠れ家、癒やしの港だ。それを預かるあなたの責任は、決して軽いものじゃない。皆の体と命を預かっているんだから」

　にっこりと笑ってみせる。

「だから『神のさじ加減』の力を持つおれを手放したくないのは、当然でしょう？」

「い、いや、エリヤ、違うんだ。わたしが言いたいのはそういうことではなくて……！」

「さあ、もう食べましょうマギウス。せっかく作ったのに、冷めてまずくなってしまう」

　さっと手を離して、落としてしまったフォークを別のものと交換しにゆく。そんなエリヤの姿を、マギウスはじっと目で追ってくる。

　そして新しいフォークを手に席に戻ったエリヤは、自分の対面に、何やらひどく肩を落とし、深々とため息をつくマギウスの姿を見たのだった。

「どうだ？」

　白シャツ姿の腰に黒エプロンを巻きつけたマギウスが、エリヤの目の前で胸を張る。エリヤはぶるぶると震えながら「はわわぁ」と意味不明な声を漏らし、最近手に入れたばかりのスマホを構えてシャッターを連射させた。

「かっ、格好いいです……！　すっごく、すごく格好いいです……！」

半泣きの声で「格好いい」を連呼するエリヤに、マギウスは苦笑気味だ。

「ずいぶん熱烈な賛辞だな。たかだかギャルソンの格好をしただけなのに」

「だっ、だって……！」

数日前、マギウスがいきなり「やはり営業時間中、猫の姿で寝ているだけではお前に悪い。わたしも店員(ウェイター)として働こうと思う」と言い出した時は、そんな必要はないと必死で制止したのだが、この姿を見ては宗旨替えせざるを得ない。

だが、ほとんど涙ぐんでいるエリヤを見つめ返すマギウスの表情は、ひどく複雑げだ。ふう、とため息をつき、スッと目を逸らす。

「どうかしましたか？」

「いや、何でもない。では開店準備にかかろうか」

そう言って背を向け、塵取り(ちりと)りとほうきを使い始める姿を、エリヤはなおもぼうっと見惚れながら目で追う。

初めて会った頃の、ノーブルさ全開の雰囲気にも魅せられていたが、今の、少しガードを緩めた感じもいい。でも、猫の姿も好きだったから、日中それを見る機会が減ることだけが少し残念だ。両手両足の先に白靴下を履いた模様の白黒猫には、人間体の彼の格好よさとはまた別の愛(いと)しさを感じていたから。

「マギウス、床は昨夜のうちに清掃してありますから、そんな丁寧に掃かなくても大丈夫ですよ。それより各テーブルの塩コショウと紙ナプキンとつまようじが減ったりなくなったりしていないかチェックして、必要なら補充してください。あとテーブルとカウンターの水拭きもお願いします」

「ああ、わかった」

指示を与えれば、マギウスはてきぱきと仕事をこなしていく。布巾を使ってテーブルを一台ずつ拭いてゆく手つきも、なかなか堂に入っていた。

意外だ。てっきりいい家の育ちで、本より重いものは持ったことがない、みたいな人だと思っていたのに、きちんと働いている。

(それに、何だか楽しそうだ……)

モデルのように腰の高い後ろ姿からも、マギウスの心が浮き立っているのが伝わってくる。あまり感情表現の豊かな人ではないし、機嫌の良し悪しが態度に出ることもないが、始終彼を横目に観察しているエリヤにはわかる。

彼は今、穏やかな幸せの中にいるのだ、と——。

季節が晩夏から初秋へ向かう中、「アップルブロッサム」は、一族の人々に必要とされる場所となり、繁盛していた。もともとマギウスとしては、「人間界に通う一族のための安全な通路と避難場所を作る」というのが第一義だったので、儲けはあまり考えていなかったそうだ。だが、今の経営状態はこの規模の店としては好調で、常連客も増えて、エリヤひとりでは少し手が足りなくなりつつある。

正直、マギウスが接客を担ってくれれば、かなり助かる。でも、人手不足が問題なら、他に人を雇うという選択肢もあるのではないか。そう告げると、マギウスは不思議なことを言った。

――お前と長い時間一緒にいる人間を、わたし以外に作りたくないんだ。

（どういう意味だったのかなぁ、あれは）

レモンバームをひと袋沈めた冷水を用意しながら、エリヤは首を傾げる。不機嫌を顔に出す人ではないから定かではないが、どうもあの時、マギウスは少し怒っていた、というか……拗(す)ねていたような気がする。口数が減り、食事を黙々と平らげながら、視線がエリヤから微妙に逸れていた。

「エリヤ、終わったぞ。エリヤ？」

予想外に近い距離から声をかけられて、エリヤは思わず「ひゃっ」と悲鳴を漏らしてしまった。目を上げると、すぐそこにマギウスの不審そうな表情があって、再度動揺する。しまった。すごく変な反応をしてしまった。

「もう開店の札を出していいか？」

窺うように尋ねられて、慌てて「ハイッ」と返事をしたあとで、ひょいと思い出したことがある。

「あ、そうだ。ちょっと待ってくださいマギウス。盛り塩忘れてた」

「ああ、そうだったな」

先日の魔物に侵入された一件のあと、エリヤはマギウスに提案して日本の古い風習を取り入れることにしたのだ。店舗の入り口ドアの両脇に、三角錐型に固めた塩を置く。エリヤの力によって増幅するらしいが、塩自体にもかなりの魔除け効果があることは、あの騒動で実証済みだ。エリヤの養祖母も、店を開ける前、一日たりとも欠かさずにこれをやっていた。

——イギリス人のわたしがこんなことしているなんて、傍目から見たら奇妙だろうねぇ。

養祖母はよく口癖のようにそう呟いては苦笑していた。周囲の反対を押し切って日本人の夫に嫁いできた彼女は、やや意識的に日本の古い習慣を守ろうとしていたところがある。自分は日本人になったのだ、と宣言するかのように。

(でも、ロンドンの一角で「こんなこと」やってるおれのほうが、もっとずっと奇妙だよばあちゃん……)

懐かしい気持ちで市街側のドアの両脇に塩を置き、さてと腰を浮かせて店内に入る。

すると図ったようなタイミングで、ハーブ園側のドアも同時に開いた。

ちりりりん……と響く、ふたつのベル。

さっと流れ込む、ハーブの香りを含んだ風。

自分と向き合う形で店内に入ってきたハーブ園側の客を見て、エリヤは息を呑んだ。

(うわぁ……!)

そこにいたのは、絶世の美青年だった。黄金色の長い髪。湖水のような青い瞳。薔薇色の頰と唇。出入りする一族の人々とは、明らかにランクの違う仕立てのローブと、絹地のシャツ。

（本物の王子様だ……）

エリヤは思わず見惚れた。マギウスとの初対面の時と同じように。

だがその美貌は、マギウスとはまったく異質のものだ。マギウスは髪も瞳も黒。体格も立派で、男性として成熟している。一方、金髪碧眼（へきがん）の青年はエリヤよりも背が低く、体つきは少女のように華奢（きゃしゃ）だった。

その美貌の青年の、紅（あか）い唇が動いた。

「マギウス！」

呼びかけられたマギウスが応える。

「アーサー……」

やや茫然としたその声が終わらないうちに、青年が金髪をなびかせて駆け込んでくる。そして細い両腕を、真っ直ぐ前に伸べて――。

どん、と音を立てて、マギウスの胸に飛び込んだ。

「マギウス、マギウス……！」

そしてそのまま、泣きじゃくり始める。

ざわっ、とエリヤは髪が逆立つような感覚に襲われた。

「アーサー、さあ、アーサー」

ひとしきり自分の胸で泣かせたあと、マギウスは幼児を宥めるように青年の背をとんとんと叩き、ゆっくりと撫でた。愛しむような動きだ。

「そろそろ泣き止んでくれ。まったく、お前ときたらいつまでも子どもみたいに――……」

「だって、マギウス、あなた何も言わずにいなくなって……！」

アーサーという名であるらしい金髪青年は、離されてたまるかとばかり、マギウスのシャツを鷲掴んでいる。マギウスにみっともない格好はさせられないと、昨夜のうちから丁寧にアイロンをかけて用意しておいたシャツが――。

エリヤは戸迷い気味に「あの、マギウス」と声をかける。

「その人は……」

「ああ、すまない」

マギウスはようやく気づいた、という風にエリヤを見た。アーサー青年から手を離さないまま。

「少し、外で話をしてくる。すぐ戻るから」

そう告げるマギウスに、エリヤは小さくはない衝撃を受けた。外で話。ふたりきりで話。エリヤには聞かれたくない話……。

（……恋人……）

そんな言葉が、ふと浮かぶ。

マギウスが同性を愛する人だと知っても、エリヤはそれを違和感なく受け入れた。エリヤ自身が熱烈なキスをされたこともあるし、初対面から、男から見てもセックスアピールのある人だと感じていたからだ。アーサーのような美しい人と愛を交わしたことがあるとしても、それはマギウスらしい過去だというだけだ。

だがしかし、先ほどアーサーは、マギウスが自分の前から急に姿を消したようなことを言っていた。ではふたりは、まだきちんと別れていない関係、ということか――……？

（じゃあこれって……相当なド修羅場ってことじゃ……！）

一転、エリヤは嫌な予感に震え上がった。思わず後ろから、マギウスのシャツを摑んで引き止める。

「エリヤ？」

「え、っ、と、あの……。大丈夫、なん、ですか……？」

こんな華奢な青年でも、キレて暴れれば、それなりに危険かもしれない。マギウスが刺されたりしたらどうしよう。そう案じながら顔を見れば、マギウスは苦笑気味の、どこか恥ずかしげな表情を浮かべている。

「ああ、心配しなくていい。この子なら大丈夫だ。とてもいい子だし、お互いにかけがえのない相手だから……」

ハーブ園側に出てゆくふたりの背。

それを見送りながら、エリヤは何度目かの、いきなり崖から突き落とされる感覚を味わう。

……かけがえのない相手、って……。

それは紛れもない愛の言葉だった。別離を経てなおゆるぎない信頼感が、その言葉にはあふれていた。決して憎み合い、嫌悪し合って別れたのではない、と告げるかのように。

(マギウスは、まだあの人を愛しているんだ)

胸を刺されるような痛み。

(愛している、んだ……)

エリヤは茫然と見開いたままの目で、ただひたすら、床板を見つめ続けた。

どんなに動揺していても、いや、動揺しているからこそ、仕事にはいつもよりも集中しなくてはならない。

エリヤは「一族」の客たちから次々に出される注文を必死にさばきながら、テーブル席のひとつにちんまりと座っている金髪青年の姿を、ちらちらと窺わずにいられなかった。

ハーブ園での話し合いは、どうやら時間切れで終わったらしい。今、彼が座っているのは、日当たりのいい窓際の席だ。外光に金髪が映え、白い肌が輝いている。雑多な雰囲気の店内で、そこだけが古典絵画から切り取ってきたかのように静謐だ。

（……本当に、綺麗な人だ）

この人が熱帯に住む極楽鳥なら、さしずめ自分は裏町でパンくずをあさる雀というところだろう――と考えて、エリヤの胸はまた、ずきりと痛む。「自分にはないものを持っているからといって、むやみに他人を羨んではならないよ。お前にはお前のいいところがあるのだから」――と養祖父母はエリヤに諭してくれたが、この美貌がマギウスの心を捕らえたのかと思うと、たまらなかった。彼にくらべて、自分などは、平凡な茶髪に、平凡な顔立ち。ノーブルさなど欠片もなく、ただ汗まみれで働くだけ。「神のさじ加減」がどうのと持ち上げられていても、ただの飲食店従業員に過ぎない。

「エリヤ、一番テーブルからスコーンセットの追加だ」

不意に横からマギウスの声がして、一瞬、息を呑む。

「あっ、はい」

動揺しっぱなしのエリヤにくらべ、マギウスはいつも通りの表情だ。しばらくハーブ園で金髪青年と話し合ったあと、客がやってくる頃合いで店に戻り、青年に「ここにいなさい」と窓際の席を宛がって、まったく普通に、予定通りに働き始めた。

窓辺の人のことは、まったく、何ひとつ説明もしてくれないままだ——まあそれは、店が混み始めて時間が取れなくなったからでもあるだろうが。

——そもそも説明してくれる気、あるのかな……。

あの人が、自分にとってどういう存在なのか、ということを。

マギウスの表情をちらりと見る。しかしそこにあったのは、満員の店をどうにか円滑に回転させようと苦慮している顔だけだ。

エリヤはくっと唇を嚙む。駄目だ。問い詰めたい気持ちはあるけれど、今は駄目だ。今日はマギウスにとって仕事の初日だし、「一族」たちの憩いの場である「アップルブロッサム」を、気分の悪い修羅場にしてしまうわけにもいかない。

それでも、追加注文のスコーンセットを出し終えた瞬間、視線は窓辺の席に吸われてしまう。ふとテーブルの上を見ると、ハーブティーも軽食の皿も空になっていた。エリヤは冷水のポットを手に近づき、お冷を注ぎ足して、問う。

「ティーのおかわりはいかがですか？」

「え？」

ぼんやりと店内を眺めていた青年は、びくん、と弾かれたようにエリヤの顔を見上げた。まるで世間を初めて見た姫君のような反応だ。

「もうずいぶん、カップが空のままお過ごしのようですので」

「――ああ、そうですね」

美貌の青年は、優雅に頷き、「では、薔薇のお茶を」と言った。

「迎えが来るはずなのですが……まだもう少し、時間がかかりそうなので」

（迎え、か）

脳裏には、真っ白なボディを光らせた胴長のリムジンが、店の前に乗りつける俗っぽい映画で見た光景が描かれている。そういう言葉がすっと出てくるあたり、羨むわけではないが、やはり相当な地位身分の人なのだろう。身寄りひとりいないエリヤとは、くらべようもないくらいに。

（さて、『薔薇のお茶』か）

ハーブ瓶の棚を前に、エリヤは腕を組む。比較的よくある注文で、それほど難題ではないが、逆に言えばありきたりなブレンドになってしまいがちである。

（やってやろうじゃないか……）

エリヤは闘志が湧くのを感じた。すっかり使い慣れた能力を作動させる。その手がまず、「ローズレッド」と書かれたラベルの瓶を取る。

ローズレッドは、文字通り紅い薔薇の花弁をドライにしたものだ。といってもそこいらのローズガーデンから終わった花を毟ってきたものではなく、最初からハーブとして栽培されたものである。ドライとなってなお真紅の色合いと豊かな香りをとどめる美しいハーブだが、これだけでは、茶として淹れた時の色合いが弱い。

（駄目だ。これだけじゃ駄目だ。もっとだ。もっと、コクと味わいと——体の隅々にまで生気が満ちるような、若々しい生命力が蘇るような滋味と、あの人に相応（ふさわ）しい宝石のような美しさと——……！）

どうしてだろう。常になく、「神のさじ加減」が強く強く働いている。次々に瓶を選んでいく手に、まるで火がついているかのようだ。自分の手だというのに、動きに目が追いつかない。

「ローズレッド・ローズヒップ・ハイビスカスにヒースか……」

ローズヒップはいわゆる薔薇の実で、俗に「ビタミンCの爆弾」と呼ばれるほど美容系の栄養価が高い。ハイビスカスは一般に連想される熱帯花ではなく、オクラの花に似たもっと地味な花のガクの部分で、湯に浸（ひた）すと濃い紅い色が出る。ヒースは英国の荒野に咲くことで有名なピンクの小花で、ヘザーやエリカとも呼ばれ、美肌効果のある成分を含み、これまた美のためのハーブだ。

そしてこれを配合し、ポットの中でたっぷりと蒸らして供すると——……。

「さあ、どうぞ」

目の前でさっとカップに注いだのは、ルビーを溶かしたような真紅の液体だった。湯気に乗ってさっと広がる香りは、もったりと濃く、薔薇よりも薔薇らしい華やかさ。

我ながら上出来だ、とエリヤは思う。まさしく飲む宝石。

「わ、あ……」

感嘆と共に、金髪の美しい人の顔に、ぱっと表情が宿る。エリヤの「神のさじ加減」が、その客の求めるものにハマる瞬間、見られる反応。エリヤの力が客の心を奪った証拠だ。心で快哉を叫ぶ。

「酸っぱいティーですから、お好みで蜂蜜を溶いてお召し上がりください」

そう告げると、金髪の頭がひょこんと傾いた。

「頂戴します」

カップを取り上げてすっとひと口飲む仕草を、エリヤは凝視する。

見惚れずにいられない洗練された仕草だった。こくん、と飲み込む喉の動きにすら、高貴な色気がある。

「あ……ああっ……！」

――その時。

青年が、突然自分の体を抱いて身悶え始めた。

店の客たちが、その艶やかな姿に固唾を飲んだ。至近で見ていたエリヤなどは、つい慄いて半歩退いたほどだ。

――しまった。

エリヤは悟った。やりすぎたのだ、と。

美を磨くためのティーが、効能が強すぎてフェロモン増幅ティーになってしまったらしい。悪意があったわけではないが、つい力が入りすぎて――！

「アーサー！」

背後から走り寄ったマギウスが、エリヤを横にどかせる。そしてとっさに解いたギャルソンエプロンで、アーサーの体を覆った。

大切な宝物を、人目から隠すように。

「マギウス……？」

アーサーが熱に浮かされた目を上げる。マギウスはその目をやさしく見つめながら、囁いた。

「大丈夫か？」

「ええ、気分は悪くありません。むしろいい。何かが体の底から漲ってくるみたいだ。これは……」

「それがエリヤの力だ。お前、心身の疲れをためていただろう。それが一気に解消されて、お前を輝かせたんだ」

その時、ハーブ園側のドアが開き、ドアベルが鳴った。

入ってきたのは、正装に近い黒服をきちんと着込んだ白髪の老人だった。その姿を見て、「シンクレア」と呼びかけたのは、マギウスの腕の中のアーサーだ。

白髪のシンクレアは、驚いたように真っ直ぐアーサーだけを見つめ、近づいてくる。

「アーサーさま、どうかなさいましたか」

「何でもない、大丈夫だ」

金髪の青年はそう告げて、すっとマギウスの胸を押し返して腕を解かせる。背筋を伸ばした、気品のある仕草だ。

「わざわざ迎えに来てもらってすまなかった」

「いえ、わたくしなどはいくらでもご用命くだされば――ですが、誰にも告げずいきなり姿を消されるのはお控えくださいませ。今は総領家にとって大切な時期」

「……大切な時期だからこそ、来たんだ、シンクレア」

凛(りん)とした表情で、アーサーは告げる。

「マギウスに、ぼくのところへ戻って来てもらうために」

その声に、言葉に、エリヤはびくんと動揺する。

マギウスはやや困惑した表情だ。「アーサー、それは」とたしなめかけたところで、アーサーがすっと身を翻す。

「帰ろう、シンクレア」

涼風が吹き過ぎるような足取りで、金髪の美青年はハーブ園側のドアに向かう。老シンクレアは、さっと先回りをしてドアを開く。

そのドアを潜りかけて、アーサーは振り向いた。

「マギウス、また来るよ」

「……来ても無駄だ、アーサー」

マギウスもまた、凜として答える。

「わたしはもう、お前のところへ戻るつもりはない」

マギウスのその答えを聞いて、アーサーはひどく悲しげな顔をした。だがその美貌には、決して頽(くずお)れないものが宿っている。

「……まだ、諦めないから」

華麗な、薔薇が散るようなひと言を残して、アーサーは店をあとにする。

そしてドアが閉じかけるその一瞬、エリヤは見たのだった。

金髪のアーサーの姿が、金色のキツネに。

白髪のシンクレアが、白頭鷲(はくとうわし)に変じるのを。

二匹の獣は、それぞれ地を駆け、空を飛んで、ハーブ園の向こうへ姿を消した。

ぴちゃん、と水の音。今夜の浴槽の中は、気分をしっかりさせるためにペパーミントだ。

（綺麗な、ひと、だった……）

夜。ぼんやりと浴槽に身を沈めながら、エリヤは心臓がずきりと痛む思いを噛みしめる。

（ただ綺麗なだけの人じゃなかった。頭もよさそうだったし、礼儀もちゃんとしていた。それに、プライドも高そうで――）

マギウスに向かって、あなたを諦めない、とはっきり宣言していた。自分から遠ざかろうとする恋人のもとに押しかけ、復縁を迫るなど、普通ならば、嫌な奴、と思われかねない言動だ。だがその姿からエリヤが感じたのは、どこまでも美々しい誇り高さだった。

（自分に自信があるんだろうな……）

自分は常に愛される側の人間で、決して愛する人を失うことはない、という絶対的な確信が、全身に満ちていた。

微妙な空気が満ちる中で閉店作業を黙々と終えたあと、マギウスはエリヤの名を呼び、「少し話そう」と言った。だがエリヤはそれを振り切ってしまった。「今日は疲れていますから、明日にしてください」と、作り笑いを顔に張りつけて、さっさと二階の居住スペースに戻ってしまったのだ。

よくない態度を取ってしまった、と後悔が胸をよぎる。マギウスは不快に感じただろう。でも、今はどうしても彼の口からあの人のことを聞きたくなかった。心の準備が、あまりにもできていなかった。たとえ過去のことでも、マギウスの口から愛する人のことなど、聞きたくなかったのだ。

――わたしはもう、お前のところへ戻るつもりはない。

マギウスはそう断言していた。迷いのない口調だった。少なくともマギウスの側は、彼との関係は完全に終わったものだと思っているらしい。

でも、本当に、本当に、そうなのか……？　あんなにも美しい恋人から、不変の愛を示されて、心揺らがない人などいるのだろうか。マギウスの心に、美しい恋人への想いが、まったく、ひと欠片も残っていないなどと――言えるのだろうか？

もし、もし今後もあの人がやってきて、マギウスを取り戻そうとしたら……？　俗に言う、やけぼっくいに火がついてしまったら……？　そしてその時、おれは……？

『エリヤ、すまないがやはりわたしはアーサーのところへ帰ることにした。この店はお前ひとりで続けてくれ。オーナーとして、たまには様子を見に来るから』

しっかりとした大人の男の声でそう告げるマギウスの顔が目に浮かび、反射的に「っ」と悲鳴を呑み込む。

じゃばっ、と湯が揺れる。

（嫌だ、そんな）

自分の想像に自分で動揺して不安になる。馬鹿馬鹿しいことをしているとわかっているのに、湧き上がる感情をどうすることもできない。

嫌だ。マギウスのそばは、やっと見つけた確かな居場所なのだ。たとえただの雇い主と従業員でも、彼とひとつ屋根の下で暮らせる、それがどれほどエリヤの心の支えになっていることか。

（マギウスを取られたくない。誰にも）

その思いは強くある。だが実際問題、あの美しい金髪青年がマギウスを攫って行こうとする時、それを駄目だと言う権利は――嫌だ、行かせない、と阻む権利は、エリヤにはない。

家族でもなく、恋人でもない、ただの従業員でしかないエリヤには――。

エリヤはじゃぶりと音を立てて湯から上がった。ざっと滴を落とし、髪と体を拭きながら浴室を出ようと、ドアを開く。

そこに――。

マギウスが立っていた。

「……！」

人間、あまりに驚きすぎた時は、悲鳴をあげる余裕すらない。エリヤは全裸のまま半歩ほど後ずさり、その足元にバスタオルをはらり、と落とした。

つまり全裸で、エリヤはマギウスと相対することになってしまったのだ。ひ、と羞恥の声をあげてタオルを拾おうと身を屈めた、その瞬間、詰め寄ってきたマギウスに、がしりと二の腕を摑まれる。

「エリヤ」

甘くて深い声。決意、のようなものを宿した、黒い双眸。

「エリヤ、少し話をしよう」

「え」

「わたしと、お前の……大事な話だ」

何だって？　今こんな時に、何を言い出すのだ、この人は！

エリヤは軽いパニックを起こしながら、マギウスを見つめ返す。いつもながら常識というものがぶっ飛んだ人だ。人が一糸まとわぬヌードでいるところに押し入って来て、話をしよう？

「い、嫌です」

全裸の姿で、エリヤはもがいた。

「明日にしてください……！」

だがマギウスはエリヤの腕を摑んだまま、手を離す気配も見せない。その黒い双眸は、食らいついてくるかのような強さで、エリヤの裸体を見つめている。

「ぶしつけですまない……だがどうしても、お前に聞いてもらわなくてはならないことが」

「……離して」

「エリヤ」

「この手を離してください！」

「わたしの話を聞いてくれ」

「嫌だ、こんな格好のままで、話なんか……！」

喚く声が止まないうちに、エリヤはぐい、と体を前に引かれる。

どん、と体同士がぶつかり合う衝撃。

マギウスに抱きしめられた。素裸のまま。

キスをされた。濡れた裸体に、彼の手が滑るのを感じながら。

見開いた目に、マギウスの顔が映る。まぶたを閉じ、悩ましげに眉を寄せた表情で、丁寧に、とても丁寧に、エリヤの唇を吸っている。

以前、怪物に襲撃された直後にされたような、発作的で乱暴なキスではない。

何かを伝えようとするような、懸命でやさしく、ひたむきなキスだ――……。

「マ、ギ……、や、だ……」

嫌だ。どうして。あんなにも美しい想い人がいるのに、どうしておれなんかに――……。

息継ぎの合間に、欠片も説得力のない拒絶を口にしても、マギウスをどかせることなどできるはずもない。舌先までもが痺(しび)れて、半開きの口元から唾液が零れ、頭の中がぼうっと眩(くら)んだ状態で、エリヤは耳に囁きを注ぎ込まれた。

「エリヤ――」

それから、長い沈黙があった。エリヤはマギウスの腕の中で、破裂しそうな心臓を抱えたまま、次の言葉を待った。待って、待って――その果てに、熱したバターのような声が降る。

「好きだ、エリヤ」

告白だ。間違えようのない、真っ直ぐな、剝き出しの愛の告白だ。

「え、あ、……ええ……？」

「お前が欲しい。これから、今、すぐに」

声が出なかった。体が動かなかった。裸の体を抱きしめられて、キスをされて、欲しいと言われる。そこまでされて、思春期もとうに終えた成人男子が、これから何をされるか、理解できないわけがない。

――抱かれてしまう……と思った。

掬い上げられるように抱かれ、ベッドに運ばれる。シーツの上に降ろされて、また、長くて熱いキスをされた。ここで拒まなかったら、同意したとみなされる。それはわかっていたのに、何ひとつ抗えない。

前の恋人とちゃんと手を切れていないのに、おれを抱くつもりなのか？　とか。

まさか二股に持ち込む気なんだろうか、とか。

疑心暗鬼はいくらでも湧いてくるけれど、それを凌駕して、マギウスに求められる悦びがエリヤを蕩かせた。頭の端で、こんなにあっさり流されちゃうなんて、と自嘲する声が聞こえたが、もういいや、と思う。

——もういいや、こんなに気持ちいいんだし……。

エリヤを蕩かせたマギウスのキスは、麻薬のようだった。いや、エリヤにそんな悪行の経験はないのだけれど、この頭の芯がぐずぐずになる感じを、他に何と言い表せばいいかわからない。とにかく気持ちがよくて、やたらに幸せでたまらなかったから、たぶん、その例えで合っているのだろう。

ちゅ、ぴちゅ……と、湿った音。

したたかに吸い上げられて、舌を差し入れられる。幾度も噛み合わせる角度を変えられているうちに、舌先同士が触れ合った。許しを請うように突かれて、前歯を開くと、ぬるりと上顎の裏や歯茎を舐め回される。

「ん……」

唾液が零れる。

あまりの気持ちよさに、じっと目を閉じていることしかできない。脇を撫で下ろす手が腹部に回り、さらにその下へ滑り込んでいくのを感じたけれど、もう止めることもできなかった。

「マギウ……あ……」

半ば硬くなっていたものを、きゅっ、と握られる。

「いい子だ」

囁かれながら、つぼんだ先端を、親指の腹でいじられる。マギウスの指紋の感触――。

「あっ」

びくん、と腰が跳ねる。

「あっ、あっ、マギウス……」

鼻先にあるマギウスの顔が、喜悦の笑みを浮かべている。彼の目に映る自分は、どんな顔をしているのだろう。たぶん間違っても他人には見せられないような、みっともなく蕩けた、本能のままの淫ら顔をしているに違いない。

「ふぁ、やだ、や、や……」

壊れたみたいに「いや」を繰り返したのは、止めて欲しかったのではなく、嘘みたいにあっけなくマギウスに陥落してゆく体が、恥ずかしかったからだ。

「やだ……も……しない、で……」

自分に打ち重なる男の目から逃れるように、エリヤは顔を逸らす。そんなエリヤの頬を、マギウスはやさしく撫でた。

「大丈夫だ、恥じらうな、エリヤ」

「……っ」

「お前をこうさせているのはわたしだ。お前の体がどう反応しても、何もかも、わたしのせいだ。わかるな？」

マギウスの口調はやさしい。けれど、エリヤの体をいじり回す指は傲慢で、悪い男そのもの。その落差が、エリヤをぞくりと身震いさせる。

「あ、あなたの、せい……？」

「そうだ、お前がこうなるのは、全部、お前のやさしさにつけ込むわたしのせいだ。恥じる必要はどこにもない」

「あっ、あっ、マギウス、マギウス……」

くちゅくちゅ、と音を立ててまさぐられる動きに、あっけなく息が上がる。

そうだ、これにやられたのだ、とエリヤは思い出す。あの時——あの、怪物に襲われた直後の、あの時。それまで徹底して紳士的な庇護者だったマギウスが、突然、何かに耐えかねたようにエリヤに乱暴なキスをしてきた、あの瞬間、エリヤはマギウスに落ちた。

黒い髪に、黒い瞳。

憧れてやまない、大人の男の雰囲気と、成熟したオスの色気。

「マギウス……」

焦がれる想いのままに、男に口づける。一瞬、手が止まったマギウスに、エリヤは自ら腰を擦りつ

けた。「もっとして」と耳のそばでねだりながら、両腕で抱きつく。

「もっと、ほしい、です」

「エリヤ……」

「あなただけのせいになんて、しません。だから……」

マギウスが、息を詰めた。そして嘆くような声で、「そんなことを言われたら、やさしくできなくなる」と呟く。

「最後まではしないつもりだったのに……。いいのか？　何をされるのか、わかっているのか？」

まるで脅すように、両の立てた膝頭を左右に引き開けられる。

「ここに」

後ろの孔を探られながら、告げられる。

「わたしのものを挿入されて——子種を注がれるのだぞ？」

脳髄が焼けるほどの羞恥が襲ってきたが、それでもエリヤは答えた。

——「いいよ」と……。

ぐちゅり、と、くぐもった音——。

「あ、っ……！」

指を入れられた、とわかる。ぐちゅぐちゅと搔き回される感触に、歯を食いしばって耐える。

「あ、っん……！」

びくんと、腹筋が波打った。同時にすっかり立ち上がって濡れそぼっている性器も揺れる。両脚はとうの昔に開ききり、腰が浮いて、マギウスの体軀の左右から裸足の裏を天井に向けていた。なんてひどい格好だろう。相手がマギウスでなければきっと恥ずかしさで死んでいた……と思った瞬間だった。

「は、あぁっ！」

中でくじられた指が、電流を走らせた。そんなものが来ると思ってもいなかったから、堪えようがなかった。全身がビクついて跳ね、一瞬、覆いかぶさるマギウスの体まで浮かせたほどだ。頭の中が真っ白に吹っ飛んだまま、しばらく正気が戻ってこない。

「ハッ……ハッ……」

喉首を反らせて息を荒らげているばかりのエリヤを、マギウスが見下ろしている。シャツを脱ぎ、裸の胸をさらしたマギウスは、妖しい色香のあふれる笑いを浮かべている。そのまま、まるで見せつけるように露わにされた下半身からは、ぞっとするしかない偉容の男性器が、鎌首をもたげた姿で飛び出てきた。

「っ……」

エリヤは顔色を変えた。今からあれがこの体の中に入るのか、と思うと、さすがに平静でいられない。思わずいざって退こうとした体を、腕を摑んで引き戻される。

「駄目だ」

マギウスは怖い目をしていた。

「駄目だ、もう、逃がさない」

エリヤは強引に引きずり戻された。男の体の下で、左右に引き裂かれる勢いで恥部を開かれ、そして。

「……力を抜いていてくれ」

甘い囁きと裏腹に、突き当てられたものの熱さと重量感は、エリヤを慄かせた。体の芯から震えながら、それでも覚悟を決めて目を閉じる。

「……っ」

マギウスが息を詰める気配を感じた瞬間、捩じ込まれた。指を抜かれた後、一度閉じていた粘膜を、ずくり、と音がするほど押し広げて。

「ヒ、ア……――――ッ！」

掠れた悲鳴があがるのと同時に、エリヤの腹の中で、マギウスの先端がぐねりと身を捩った。それを感じるのと同時に、息を止めて仰け反り、目をいっぱいに見開いたまま震える。

「アッ、アッ……ひ、あ、アァァ……！」

悲鳴が止まらない。体の中で一番無防備な、一番弱い部分を他人に明け渡すのは、歯の根が合わなくなるほど怖ろしかった。たとえその相手が、敬愛するマギウスだとしても。

「マギウス……マギウスっ……！　こわい、怖いよっ……！」

　意気地なく啜り泣くエリヤの足を両肩に担ぎながら、マギウスもまた、苦悶の表情をしていた。絡み合ったふたつの裸体は、もうどちらもしとどの汗だ。

　ふたりの肉が噛み合って、ぎしぎしと音を立てている。

「すまないエリヤ、少しだけ堪えてくれ」

　しっかりと奥まで嵌め込んだ姿勢で、マギウスが言う。

「すぐ、終わらせるから――」

　マギウスが腰を引いた。長大なものがずるると抜けてゆく感覚に、エリヤは仰け反ってひぃと泣いた。腹の中をごっそり持っていかれたような感覚に慄いているうちに、それはまた、すぐに奥まで戻ってくる。

「あうっ、あ、あ、ひ……っ……！」

　引き出される、押し込まれる。引き出される、押し込まれる。その一度ごと、鈍くて重い痛みに、エリヤはのたうち回った。尖りきった両胸の粒をもきつい力で摘まれて、全身、楽な場所がない。

「マギウス、マギウス、マギウス……っ！」

苦しかった。激しく貪られ、猛（たけ）りきった男の欲望をぶつけられて、ぎし、ぎしとベッドが軋むほど揺さぶり上げられる。逆手で枕をきつく摑んで堪えても、気休めにしかならない。体の中をマギウスが動き回る感覚があまりにも鮮明で、気絶どころか、目を閉じることすらできない。

――これがマギウスの本性。これが剝き出しのマギウス。これが、嘘偽りのない、この人の姿……！

顔の上から、マギウスの呻（うな）り声と、荒い息が聞こえる。獣のように食いしばった歯が見えたが、黒い瞳はまぶたに閉ざされて見えない。前髪が汗に濡れ、額に乱雑に落ちかかっている。汗に濡れた喉仏が、何度もごくりと音を立てて動いている――。

「……ッ、ウ……ッ……！」

マギウスもまた、顔には苦悶の色が現れていた。もしかして、痛いのだろうか、そんなにおれの中がきついのだろうかと案じた時、マギウスは、はぁっ……と大きく息を吐き出した。

「エリヤ、もう少し……すまない、もう少しだけ続けさせてくれ……」

ああ、そうか、とエリヤは悟った。この人は、今とても気持ちがいいのだ。エリヤの負担を思い、早く終わらせてあげなくては、と思いつつ、快楽を追う本能に逆らいかねているのだ。もっと、ずっと長く、エリヤの中の熱さや、押し包んでくる粘膜の感触を、感じていたいのだ――。

「続けて、マギウス」

エリヤは囁いた。我ながら驚くほど甘く蕩けた声が出た。

「あなたが欲しがってくれるなら、体がふたつに裂けてもいいから……」

「そんな、ことを……」

サカった男に向かって、うかつに言うな、とマギウスが叱りつけるように呻る。次の瞬間、エリヤは息もできないほどに揺さぶられた。

「アッ、アッ、アッ、アアアッ……！」

「っ……駄目だ、こんなこと、続けたら、ケガをさせてしまう。もうやめなければ、もう……っ」

駄目だ、もうやめなければ、と繰り返しつつ、マギウスは止まる気配もない。どんどん正気が飛んでいく中で、エリヤはそのことが、ひどく嬉しかった。腹の中を容赦なく突かれるたびに、悦びが脳髄を突き抜けた。

「エリヤ、エリヤ……！」

「う、あぁぁ……！」

頭の中が、眩む。

男の腕に、骨が軋むほど強く抱きしめられた。その腕の中で、背が反り返る。絶頂の声は、ほとんど出なかった。

「ァ……、ァ……」

ぶるぶると震えながら、マギウスの最後の一滴までエリヤの中に振り絞ろうとする動きを感じ取る。

たまらない快楽に、彼の肩の後ろに爪を立てて耐え、そして——意識が切れた。

夜のハーブ園から立ち昇ってきた香気が、祝福の花のように、部屋の中に満ちていた。


目が覚めた時、エリヤはマギウスの手によって体の隅々まで丁寧に拭きあげられ、きちんとパジャマを着せられていた。マギウスは水分補給の茶を勧め、痛いところはないか、気分は悪くないかと甲斐甲斐しく世話を焼き、エリヤ自身には何ひとつさせなかった。

そうして、ふたりしてきちんと身支度を整え、いつのまにやらシーツまで交換されていたベッドに並んで横たわった時、時刻は真夜中を過ぎていた。

「エリヤ、どうかわたしの話を聞いて欲しい」

改めて請われ、エリヤは素直に頷く。「体がつらければ、明日にしてもいいが」という労りに、不要だと首を振ると、マギウスは「そうか」とため息をついた。

エリヤを腕に抱き、長くなる、とひと言告げてから、おもむろに彼は口を開く。

「愛している、エリヤ」

しっかりとした男らしい声の囁きに、エリヤの体が芯から震える。

「最初に惹かれたのは、お前の身の上話を聞いた時だった」

それって、出会ったその日のことじゃないか、とエリヤは目を瞠った。養祖父母の写真を見られたのをきっかけに、身よりのない孤児であること、この国に来た理由、路頭に迷った訳などを、長々しゃべった記憶がある。

「――あんなつまらない話の、何がそんなによかったんですか……？」

「つまらないものか。お前は目も眩むほどに魅力的だった。外見も愛らしいが……何より、内面がな」

癖のついた茶髪を、さらっと指で掻き上げられながらの言葉だ。エリヤは何だかぽかんとしてしまった。どうやら絶賛されているらしい、ということはわかったが、まるで現実味がない。

――黒い髪、黒い瞳、成熟した男の体と、甘さのない顔のライン。エリヤの目の前にいるのは、こんなに完璧な人がいるのか、と何度も焦がれた大人の男だ。そんな人が、本当にエリヤの中に惹かれるものを見つけ、愛してくれたのだろうか……本当に？

「信じられない……」

思わず呟くと、眉をひそめつつ「信じろ」と叱られた。

「お前ときたら、まったく。わたしは何度もお前にアピールしていたつもりだったのだぞ。それなのにいつもあっさりと受け流されて、どれほど困ったことか。怪物に襲われた日のキスを無視された時は、もういっそ一族秘伝の媚薬（びやく）を盛って、有無を言わせずものにしてやろうかとさえ思ったくらいだ。とびっきりの淫乱になるやつをな」

「え、ええ？」

「お前の体のためにも、そこまでせずにすんでよかった」

怖ろしいことをごくあっさりと、人外の一族の男は告げた。冗談だよな、と思いつつ顔を見ようとした瞬間、引き寄せられて唇を覆われる。

「好きだ、エリヤ」

まだ余韻の残る体へのキスだ。じんわりと痺れ、多幸感に包まれた瞬間、「誰よりも」と囁かれ、脳が溶けた。指の先まで駄目になって、マギウスの胸の中へ、すっぽりと抱き込まれる。

「お前の生き方は、わたしがこうありたいと願うそのままだった。まだ若いお前が、わたしだったら途中で心が折れそうなほど波乱万丈な人生を、たくましく前向きに生きている。自分を捨てた親や、何もかもを取り上げて生活の拠点から追い出した人物を恨むそぶりも見せず、愛情をくれた血縁のない養い親を素直に慕って、正しく日々を重ねる。その姿を見て、わたしは自分が恥ずかしくなった。お前にくらべれば、わたしなど、坊ちゃん育ちの世間知らずな男が、ようやく自力で立ち上がったばかりのようなものだったからな」

「そんな……」

マギウスがあまりに自分を卑下するのに黙っていられず、エリヤは体を起こそうとした。その肩を、マギウスが抱きしめて止める。

「……わたしは、一族総領の地位にある男の婚外子として生まれた。父にとっては、いわゆる『よそで作った子ども』だ」

突然、マギウスは自分の出生を打ち明けた。エリヤが「……え？」とややぼんやりした反応しかしなかったのは、それがどの程度の地位身分であるか、見当がつかなかったからだ。

「いちぞく、の、そうりょう……？　それって……」

偉い人なのだろうか、とエリヤは想像を巡らせる。確かに、カヤもスコットもこの人には何だかんだ言いつつも腰が低かったが……と考えているエリヤに、マギウスはあっさりと告げた。

「一族総領家は、文字通り『一族』を統べる存在だ。古代の王国をひとつ支配している程度の規模を想像するといい」

「え、ちょっと待って……？　すると総領っていうのは、王様？」

王様？　マギウスのお父さんは王様なのか？　じゃあ、マギウスは王子様？

「お、王子様っ？」

エリヤは顔色を変え、再度体を起こそうとした。だがマギウスはそんなエリヤの反応を見て可笑しげに首を横に振り、腕を回して自分の胸の上に抱き寄せる。

「昔はそう名乗ったこともあるらしいが、今ではその権威が通用するのは『一族』の間でだけだ」

言うなれば田舎（いなか）領主にすぎない、とマギウスは軽く言い捨てるが、エリヤはめまいが止まらない。

もしや自分は今、とんでもない人ととんでもない関係になってしまったのではないだろうか――……。

だがマギウスは、そんなエリヤの心境が想像できないのか、それとも本当に自分の地位身分に無頓着なのか、顔色ひとつ変えずに話を続けた。

「母はお前と同様、遠く一族の血を引いてはいたらしいが、ごく普通の人間として育ったハーバリストで、母親から相続したティールームを経営しているうちに、ほんの偶然から『一族』たちと関わることになり、この店を『門(ゲート)』にする許しを総領家から得た。父と知り合ったのはその時らしい。若かったふたりは男女の仲になり子を成したが、生まれ育ちの違いから、正式な夫婦になることはできず、母はずっと、この店を経営しながら、たまさか訪れる父を迎え入れる愛人生活を続けていた。その母も、わたしが一〇歳の時に亡くなった」

そうして、「アップルブロッサム」は長い眠りについたのだ。つい先日、マギウスがエリヤと共に経営を再開するまで――。

「母の死をきっかけに、わたしは父のもとに引き取られたが、父には正式な妻と、その人との間に産まれた子どもがいた。産みの母を失ったばかりのわたしは、ある日いきなり、よそよそしい父と、外面は完璧だが、内心では明らかにわたしを憎んでいる継母と、半分しか血の繋がらない初対面の弟と共に暮らさなくてはならなくなった。あの家に、わたしの居場所はなかった」

「……」

エリヤにはかける言葉もなかった。ある日突然、見知らぬ他人と家族になれと言われた子どもが、どれほど混乱し不安に襲われるかは、身に沁みて知っていた。自分もそうだったから。

「虐待されたわけではない。むしろ父はわたしに長男としての期待を寄せ、家の将来を担う子として大切にしてくれた。ただ、母の死に遭ったばかりのわたしの気持ちを慮るといったような、細やかな愛情をかけてくれる人ではなかった」

悪人ではない。だが冷淡な人だったとマギウスは言った。おそらく何不自由のない暮らしと立場的な庇護を与え、それで充分とあとは放ったらかし、という父親だったのだろう。

「……それでも、当時のわたしにはまだ救いがあった。六歳年下の弟だ」

一〇歳で引き取られた時、異母弟は四歳。可愛い盛りだったという。

「四歳といえば構われたい盛りだ。躾のいい大人しい子だったが、名家の当主夫婦として常に威儀を正している両親に、内心ものたりない思いをしていたのだろう。素直にわたしを兄として受け入れ、慕ってくれる弟を、わたしもすぐに愛おしく感じるようになった。それからずっと、わたしたちは、まるで生まれた時から一緒にいる兄弟のようにむつまじく過ごした。彼のそばでだけ、わたしは家庭の温かさを感じることができた」

愛らしい弟の姿を思い出しているのだろう。マギウスの表情が、一瞬柔らかくなる。しかし次にはもう、それは苦々しいものに変わった。

「だが、わたしたちは面倒な事情を抱えた兄弟でもあった。妾腹の長男と、正妻腹の次男。半人のわたしと、純血の弟。どちらを次期総領の座に据えるべきか、総領家内部でも意見が分かれた。それはやがて、一族内での深刻な権力争いへと発展し――わたしと弟は、長ずるにつれて否応なくそれに巻き込まれるようになってしまった」

一族は、今も古いしきたりを守りながら生活している――というカヤの言葉を、エリヤは思い出した。異母兄弟同士の家督争いなど、エリヤにとっては時代劇の中の話だが、彼らの世界では今も生々しい利害関係を伴っているのだろうか。

「それで……あなたと、弟さんは、どうなったんですか？　周囲の思惑に引きずられるまま、仲違いしてしまった？」

曹丕と曹植。頼朝と義経。兄と弟の権力争い。たかだか高校卒業までに学ぶ程度の歴史にも、よく登場する悲劇だ。エリヤの案じ顔に、だがマギウスはふっと笑った。

「そうなることが一番嫌だったから、すべてを捨てて家を出たんだ。もちろん、次期当主候補としてのすべての権利を放棄して」

――ああ、そういうことだったのか。エリヤは得心した。どこからどう見ても御曹司のこの人が、この小さな店の経営者に納まろうとしていた、その理由。

「弟さんを、それほど愛していたんですね、あなたは――」

マギウスは苦く笑いながら首を振る。

「そうだ。わたしは弟――アーサーを愛していた。兄としては、少し過ぎるくらいに」

――アーサー。

エリヤは息を呑む。

それは昼間、この店を訪ねてきた美貌の青年の名だった。金色の髪と青い目を持つ、美しいキツネの化身。

「こ、こいびと、じゃなかったんだ……！」

茫然とした呟きを、マギウスは聞き逃さなかった。「勘違いされているだろうなと思っていた」という苦笑まじりの声を、エリヤは耳が燃えるかと思うほどの羞恥の中で聞いた。

「お、おれ、てっきり……！」

「いや、誤解されるのも無理はないんだ、エリヤ」

あの子はいつもあの調子だから――と告げるマギウスの苦笑いの表情に、エリヤは昼間の光景を思い出した。マギウスの姿を見つけるなり、涙を流して駆け寄ってきたアーサー。

「生母を失ったわたしと、親に構われないあの子は、古めかしく重苦しい屋敷の中で、ほとんど互いしか遊び相手がいない環境で育った。あの子の世界にはわたししかおらず、わたしもまた、彼がくれる兄弟愛に深く依存していた。そうして、わたしたちはいつのまにか、一心同体と言えるほどに密着した兄弟になってしまっていた。あの兄弟には普通ではない関係があるのではないか、と噂されたのも一度や二度ではない――お前の目にも、わたしたちは異様に親密に見えただろう？」

エリヤは返答ができなかった。確かにそうだったからだ。だが、もし自分に血の繋がった弟なり兄なりがいて、この世に家族愛を分かち合う相手が彼しかいないとしたら――？　やはり自分も、その兄弟と、「異様に親密な」関係を築いていたのではないだろうか。

「だが、アーサーもわたしも大人になり、もう互いから自立するべき時期が来ていたし、総領家の将来を担う弟は、いずれ花嫁を迎えるだろう。その時、アーサーのそばに兄のわたしがべったりと張りついていては、夫婦仲にも差し障りが出るかもしれない。わたしはもうこれ以上、弟のそばにいてはならない。そう決意したのが、わたしが家を出た最大の理由だ。総領家と縁を切るために、姓も母方の『マロウ』に変えて、な」

「でもアーサーさんは、そんなあなたの決意を受け入れてくれなかった……？」

マギウスは、困ったな、という顔のまま首を左右に振った。

「あの子は――わたしが庶子で、しかも半人（ハーフ）である身の上に引け目を感じ、自分に遠慮して次期総領の地位から身を退いたのではないかと思っているようだ。そういうことではない、と何度も説得したのだが……」

確かに、昼間のあの様子では、あの美貌の人は、まだ兄を連れ戻すことを諦めてくれそうにない。

どうやら総領家の家督問題もまだ正式に片づいていないようだし、今後、事態がどう転ぶかは、予断を許さない。

（もしかすると、マギウスが周囲の懇願に負けて、家に連れ戻されてしまうことも……）

マギウスが自分の前からいなくなるかもしれない。エリヤは湧き上がる不安感に、唇の色が褪せるのを感じた。すると、

「それはない」

マギウスに心を読んだような返事をされ、驚いて目を上げる。マギウスは包み込むようなやさしいまなざしで、エリヤを見つめている。

「言っただろう、わたしはもう決して、家に戻るつもりはない。ここで生きていくつもりだと」

「……でも」

「そうでなければ、お前をこんな風に求めたりしない、エリヤ」

すっと上がってきた手に、顎を持ち上げられる。

「お前を愛している。その真っ直ぐさを、ひたむきさを。旺盛な生活力と、運命に屈しない強さと聡明さを。初めて会ったその日から」

そう告げた唇が、しっとりとエリヤのそれに重なり、離れる。

「わたしの心はもう決まっている。エリヤ、今度はお前の気持ちを聞かせてくれないか」

「……っ」

「どうして、わたしに抱かれてくれたのか——その理由を教えてくれ」

かっ、と顔が赤くなる。青くなったり赤くなったり、今夜はつくづく、首から上の血管が過重労働を強いられる夜だ。

「お、お、おれの気持ちなんて、あ、あなたもう知っているでしょう？」

元カレが突撃してきたのだと誤解して、みっともなくやきもちを焼いてしまった。抱かれて蕩かされ、裸に剝かれて、あられもなく恥部を開かれた姿で、体がふたつに裂けてもいいと口走った記憶もある。多少好意がある程度の相手に、あんなことができるものか。それなのに、この上、言葉でも告白をしろと？　そんなのは、軽く拷問だ。エリヤはたまらずに、マギウスの目から顔を逸らせた。

「言いたくないなら——……」

くるりと体勢を返され、体の下に組み敷かれる。

「今夜はもう眠らせない」

「え……？　あ……？」

「この唇が愛の言葉を吐き出すまで、休まず愛してやろう」

「え、ちょ、マギウス？」

さっそく、とばかり、マギウスは自分が着せ付けたエリヤのパジャマのボタンを、ぷつぷつと外し始める。エリヤは、ひいっと悲鳴をあげた。

「ま、待って待ってマギウス！　無理！　今夜もう一回だなんて、無理だってば！」

「一回ですむかどうかは、お前次第だな、エリヤ」

前を広げられ、胸板と腹部を剝き出される。まだ愛撫の記憶をとどめている乳首が、ぷくんと小さな腫れを残しているのが恥ずかしい。

「あれだけ奥までしっかり嵌めたのだ、後ろもまだ柔らかいだろう」

「……ッ……！」

奥深い黒い瞳に見つめられながら告げられて、ぞくっ、と震えた。その粟立った首筋に、男が小さく、甘嚙みの牙を立ててくる。

「だ、駄目……駄目、マギウスっ……！」

首筋を執拗に愛されながら、エリヤは思い知った。この人は——やはり人間ではないのだ。普段の紳士的な彼からは想像もつかない、この一瞬ひやりとするほどの獣性は、普通の人間から感じるそれとはやはり違うような——マギウス以外の男性など知らないけれど——気がする。

「さあ、もう観念するがいい、エリヤ。唇が告白を拒むなら、今からこのはらわたの中に分け入って、淫らな悦びの歌を歌わせてやる。かき乱された体からは、嘘の言葉を吐くことなどできはしないからな」

なめらかに削げた下腹に手を当てながらの甘い脅迫に、エリヤは思わず「いやぁ……！」と高い声で泣いた。その通りだ。もう一度抱かれたりしたら、どんな恥ずかしい言葉を言わされてしまうか――！


くくくっ、と喉で笑う声と共に、べろり……と首筋を舐められる。

その時、「なおんっ！」と、何やら悲痛な猫の叫びが響いた。

――えっ。

一瞬、何が起こったのかわからない。

ただ、もふっとしたものが、胸の上に乗ったことがわかる。

閉じていた目を開くと、裸の胸板の上に、戸惑ったように目を見開いた白黒猫がいた。その小さな口から漏れた「しまった……！」と呟く声は、マギウスのものだ。

「マギウス……？」

「すまない、エリヤ――エネルギー切れだ……」

面目ない、とばかり、猫は小さな頭を下げて、しょぼんとしている。

そういえば、カヤも以前言っていた。一族の人たちは、動物の姿でいる時がもっともエネルギーを温存できる状態であると。

つまりマギウスは、人間体でいられるだけの力を使い果たしてしまったのだ……。

「は……」

あはははは、とエリヤは馬鹿笑いをした。胸板の上に乗っている前足の爪がちくちくしてくすぐったいけれども、そんなものより何倍も、しょげたマギウスの姿のほうが可笑しくて、笑いが止まらない。

――つい今しがた、あんなに悪い男の顔をしていた人が……！

「あ、あなたって、本当にもう……！」

「笑うなエリヤ。男として、こんなに情けないことはないんだぞ」

小さな猫が両手の肉球を振り回してぺちぺちとパンチを放ってくるが、そんなものは大して痛くもない。両脇に手を入れて抱き上げると、毛並みを逆立てた猫はフシャーッと威嚇しながら、空中で両手足をバタつかせた。

「本来の状態なら、お前を三日三晩玩具（おもちゃ）にすることなど造作もないのに……！」

物騒なことを口走っても、猫の姿では何の迫力もない。

「はいはい、それはまた今度にしてください」

エリヤはベッド上に起き上がり、胸に抱いた猫をよしよしとあやした。素肌に毛皮が当たって、温かくこそばゆい。

「今夜はもう寝ましょう？　朝が来たら、また忙しい一日が始まるんですから」

「……うう」

シーツの間に体を伸ばし、眠りに落ちる寸前、エリヤはむっすりとした顔つきの猫に、ちゅっ、とキスを贈った。

「おやすみマギウス。また明日」

「……むぅぅ」

長い尻尾の先が、そのあとも長いこと、てしてし、とシーツの上を叩き続けた。

◇

その日のアップルブロッサムは、ごく平穏に時が流れ、客の入りも上々で、何の不穏な予兆もなかった。ランチタイムを過ぎた頃にマギウスは市街地側のスーパーに買い出しに出かけると言い出し(何と彼はクレジットカードを所持しているのだ!)、大丈夫かな、と散々はらはらしつつ見送ったあと、エリヤは遅い昼食を準備し始めていた。
「ちゃんと可愛がってもらっているようだね」
不意にそんなことを言われ、驚いて振り向く。
カヤが、いつに変わらぬ魔女そのもののローブ姿で、カウンターの一角に陣取っている。

「か、可愛がってもらってるって、何のことですか？」

「マギウスさまにさ」

まかないに出されたサンドイッチをもぐもぐと平らげながら、カヤがぼそりと言う。

「あんたがあの方に食われたと知った時は、可哀想に、これからどうなることかと思ったけれどね」

「は、ははは……」

エリヤはポットを手にしたまま、消え入りたいような気持ちで乾いた笑いを漏らした。

——昨夜もまた、マギウスに抱かれた。

『……エリヤ、愛している……』

『んんっ……、マギウス……』

ふたりにとって、体を重ねることは、もう日常の習慣だった。翌日の仕事に差し障りがないようにやさしく、けれど濃密に……と、上手に営むコツも覚えた。

最初の夜にみっともない「失敗」をやらかしてから、マギウスは途中でエネルギー切れを起こさないよう、あれこれ工夫をしつつエリヤを抱くようになった。前戯に時間をかけ、それはもう丁寧にエリヤを蕩かしてから、ぐずぐずになった恋人の中におもむろに入ってくる。エリヤが体調を崩さないよう、ゴムを着けることも覚えた。そうして、無闇に中出しされない分、長く愛されても保つようになった恋人の中で、ゆっくりゆっくりと泳ぎ回る……——まあ要するに、激しさが控えられた分、しつこくなったのだ。両胸の尖りや、股間の際どい部分、そして性器や体の中の前立腺、奥まで入れられた時にごつりと当たるところ……執拗に愛された部分は擦られて過敏になり、何でもない昼間の時間にも、ふとした瞬間にずくりと疼いてしまう。

（アダルトゲームなんかでよくある『開発される』って、こういうことか……）

恋人が男性でなければ生涯知らずに終わったに違いない感覚に、エリヤは頬が熱くなる。

昼間は精一杯働き、様々な客をハーブや料理でもてなしては喜んでもらい、ふたりで、時にはカヤをまじえて三人で食事をし、入浴や睡眠で一日の労働で疲れた体を労り、週に二度か三度、ゆったりと愛を交わす。公私共に、実に充実した日々だ。

（生きている、って感じがするよな……）

日々の規則的な生活。そして労働。これが、誰かと共に生きるということなのだ。これが、居場所を得るということなのだ。そう、しみじみと実感する毎日——。

「でもまあ、よかったよ」

カヤが付け合わせのプチトマトをフォークで突きながらしみじみと言う。

「総領家を出る、と言い出された時は、正直、この育ちのいいお方が商売で俗世間に揉まれるなんぞ、いつまで続くことか、と思っていたんだけれどねぇ。あんたみたいな、ここで働くために生まれてきたみたいなツレに恵まれたのは、結局、マギウスさまの運命もここに定まっていたってことだろうね」

「……そ、そうかなぁ」

エリヤは首をひねる。半分は照れ隠しだ。確かに、マギウスが店の再開を望んでいる時に都合よく自分が転がり込んできたのは、妙にいいタイミングだったな、とは思っているが、それが「運命」だったと考えるのは、さすがに成人男子としては乙女思考すぎていささか恥ずかしい。

「そうだとも」

そんなエリヤを見て、カタン、とカヤがフォークを置く。

「いいかいエリヤ、何も、誰にも遠慮なんぞいらない。幸せにおなり。あの方があんたを選んだ以上、これからはあんたの幸せがマギウスさまの幸せだ。あたしはあの方が望みもしない地位だの身分だのを押しつけられて、窒息しそうになりながら生きてこられたのをずっとおそばで見てきた。弟君のアーサーさまを心から慈しみ、それゆえに離れるご決断をなさったことも、よーく知ってる。あんたとの今の生活は、あの方にとっては、何を捨てても手に入れたいものだったのさ。何も思い煩うことなんかない。でーんと構えてりゃいいんだよ。わかるね？」

「ん……」

エリヤが頬を染めながら頷こうとした、その時だった。

突然、ハーブ園を、強風が薙ぎ払う音がした。ごうっと空が鳴るような音がして、すべての窓ガラスがガタガタと割れそうに鳴動する。

「何――……！」

エリヤが厨房から飛び出すより先に、バン！　と音を立てて裏口のドアが開く。ヂリリリリ、とけたたましくドアベルが鳴る中、入り口いっぱいを塞ぐようにして、黒い小山のようなものが、のそりと這い入ってくる。

――魔物……！

エリヤはとっさにカヤを背後に庇った。そうしながら、テーブルソルトの瓶を取り上げる。前回の襲撃よりは落ち着いていたと思う。

だが、「それっ」と気合一発ぶちまけた塩を浴びても、黒い不定形の魔物は何の反応も見せなかった。エリヤは立ち竦む。そんな、どうして――！

「エリヤ！」

血の気が引いた一瞬、市街地側のドアが開いた。飛び込んできたのはマギウスだ。両手に提げていた買い物袋をその場に投げ捨て、カヤとエリヤのふたりを庇う形で立ち塞がる。

「マギウス、こいつ清め塩が効かない！」

「わかったエリヤ、さがっていろ！」

エリヤがカヤの体を抱えて距離を取る。その瞬間、マギウスの手刀が空を切る。

閃光――。

その光が、魔物の先頭を叩く。しかしそれすら足止めにもならず、黒い小山はなおも、ずず……と音を立てて店内に這い入ってきた。

カヤがひえっと声をあげ、この老練な人もたじろぐほどの怪物かと驚いたエリヤは、自分の体を楯にする。来るか、と身構えたその時、重厚な声が響いた。

「腑抜けたな、マギウス」

黒いかたまりが、たちまち、輝くようなグレイの狼に変化する。

「一族の者の変化した姿と魔物の残滓を見誤るとは」

「グレンショーさま！」

「叔父上……」

カヤは純粋に驚きの声。マギウスは反対に、やや脱力したような声だ。そのふたりを前に、グレイの狼はするりと変化を遂げる。

白い口髭を美々しく整えた、白髪の紳士だ。グレイの毛並みは、ほぼそのままの色合いでローブに変化している。

「ふん」

そしてそのローブを、いかにも忌々しいといった表情で、パッパッと払う。

「突然家を出て、死んだ母親の商売を継ぐなどと言い出すから、どれほどのものかと思えば……こんな場末の『門』とはな」

「叔父上、侮辱は寛恕いたしかねます。お話することも何ひとつございませんので、早々にお引き取りを」

マギウスの言葉の激しさに、エリヤは息を呑んだ。声を荒らげるでも罵倒語を使うでもないが、言葉の端々から怒りが滲み出ている。

「まあお前は可愛い甥っ子だ。茶の一杯くらいは振る舞われてやろう。噂の『神のさじ加減』とやらの手腕も試してみたいからな」

「……」

図々しく椅子に座り込んだグレンショーに、マギウスが見たこともない怒気を放っている。エリヤは見かねて、「マギウス」と声をかけながら、その二の腕をぽんと叩いた。

——大丈夫だから、任せて。

視線でそう告げると、マギウスはいかにも不承不承という顔でため息をつく。

椅子にかけるグレンショーの仕草は、マギウスと同じく洗練されて優雅だった。しかしその口から流れ出す言葉は、優雅とは程遠い刺々しさだ。

「マギウス、総領家次期当主ともあろう者が、いつまで続ける気だ。こんな庶民ごっこを」

「侮辱を聞く耳はないと申し上げたはずですが？」

それを受けて立つマギウスの辛辣さもなかなかのものだ。間違っても、この人を怒らせてはならないな――と、エリヤは湯を沸かしながらしっかりと心に刻む。

「それに、次期当主はアーサーこそが相応しい。理由はすでに総領家の方々にはお伝えしたはずだ」

「あんな軟弱者に一族の命運を託せるか」

切り捨てるようなグレンショーの言葉に、マギウスは不快感を露わに反論する。

「叔父上、確かに昔のアーサーは気弱で、わたしの後ろに隠れてばかりの子どもだったが、今や彼も立派な青年です。いつまでも昔の、弱々しい泣き虫のままだとお思いなら、叔父上も耄碌（もうろく）なさったものだと言わざるを得ませんな」

（うわあ容赦ない……）

平然と叔父に反撃するマギウスに、エリヤは内心、縮み上がった。さすがというか、やはり彼にとってアーサーは特別に愛しい存在のようだ。これ以上弟を軽んじるならただではおかない、とその低い声が告げている。だがグレンショーに怯んだ様子はなかった。

「アーサーを当主になど据えたら、不肖のサパスめが得々として総領家に乗り込んでくるぞ。あのような痴（し）れ者に一族の命運を握らせる気か、そなたは」

「それはご懸念が過ぎましょう、叔父上。あの従兄（いとこ）殿はただの小悪党だ。良いこともやらぬが、悪いともやり切れぬ程度の男」

「甘いぞ、マギウス。彼奴(あやつ)めには何の力量もないが、権力への野心だけはある。ああいう輩の虚仮(こけ)の一念を侮ってはならぬ。現に今、嫡子のアーサーを手懐けておるゆえ、新総領が決まれば我が天下よ、などと、あちこちで吹聴しておるわ。その口車に乗ってあれの下につく馬鹿者も、最近では侮れぬ数になってきおった」

（うーん）

　聞き耳を立てていたエリヤは、思わず内心で嘆息した。要するに、あの美しいアーサーの周りには、彼を傀儡(かいらい)として利用し、一族の主導権を手にしようとする奴らが大勢集(たか)っているらしい。自分にくらべ、なんて恵まれた生まれの人だろうと羨んだこともあるが、いい家の御曹司に生まれつくのも、それはそれで大変なようだ。

「アーサーでは、家が亡(ほろ)ぶぞマギウス」

「叔父上、繰り返しますが、あんな底の浅い、腹の中を隠すことひとつできない男に操られるほど、今のアーサーは主体性のない人間ではありません。彼に任せておけばいい」

「そうだとしても、あの軟弱者では、どう頑張っても長(おさ)としては水準程度だ。衰亡してゆく一族には、より強いリーダーがおらねばならぬ」

「叔父上」

マギウスは姿勢を正した。

「今のわたしは悪魔狩りの仕事をしくじり、能力のほとんどを喰われた役立たずです。一族の総領など、とても務まるものではない」

（え？）

エリヤは驚く。能力を喰われた……？

「兄上がそなたを後継者と定められたのだ」

「父がそう決めた頃とは、今はもう色々なことが変わってしまったのです叔父上。アーサーは立派に育ち、一方のわたしは……」

「逃げるのか？　大勢の一族の者たちからの期待を背負い、衣食に不自由せぬ恵まれた環境で育てられながら、総領家男子のさだめを投げ出すとは、卑怯とは思わぬのか！」

「――そう思われるならそれで結構。とにかく、わたしは……」

「お待たせしました」

まだまだ口論の続きそうなところへ、エリヤはティーの盆を手に割り込んだ。

「ラベンダーティーです」

香水やアロマとして楽しまれることが多い高貴な紫の花には、ささくれる心を鎮め、気分を落ち着かせる効果がある。あまり単独で飲まれることはないが、エリヤはあえてその奥深い香りをそれのみで堪能してもらうことにしたのだ。

グレンショーの表情が変わった。散々嫌味を吐いてきた口を噤み、黙ってカップを取り上げ、ぐっと飲む。

そのまま、一度もカップを下に置かず飲み干し、そして――。

かちゃん、とカップを置く音。

「ふん、これがそなたを虜にした力か」

いかにも馬鹿にしたように鼻を鳴らすグレンショーを睨み返し、マギウスは得意げに笑った。

「いかにもその通りです、叔父上」

傲慢な一族の男はもう一度「ふん」と鼻を鳴らした。がたりと椅子を引いて、立ち上がる。

「わしは諦めんぞ、マギウス」

呪詛のような言葉を残して、グレンショーは裏口から出て行く。灰色の大きな狼が、ハーブ園を囲む石垣を軽々と飛び越えていく様子を、エリヤは窓越しに見た。

シャワーを終えた体の滴を拭い、バスローブを羽織る。

そのままバスルームを出ると、先にシャワーを使っていたマギウスは顔を上げ、腰かけたベッドのとなりを、ぽんぽんと叩いた。

ここにおいで、という意味だ。その手はもう、サイドボードからドライヤーを取り出している。

一族の者たちは意外なほど文明の利器を使うのにためらいがない。もう慣れてしまったが、絵本に登場するような「魔法使い」たちが、平気でドライヤーやレンジを使うのは、つくづく不思議な光景だ。そう思いつつ、エリヤは素直にマギウスのとなりに腰かけた。ごうっと音がして、乾いた温風がエリヤの癖のある茶髪を巻き上げる。

恋人の髪を乾かす。指を梳き入れ、持ち上げて風を当て、水気を飛ばしてゆく。

最初、これをやり始めたのはエリヤのほうだった。マギウスがその艶やかな黒髪を、まったくの自然乾燥でぞんざいに扱っていることが我慢ならなかったのだ。すると、「恋人の髪を好きなようにいじれる」楽しさにマギウスのほうが味をしめてしまい、今では「してやろう、おいで」というお誘いがたびたびかかる。

ぶおー、と静かな機械音。

「いつも思うのだが、いい髪だな。栄養が行き渡って、適度に太くてコシと艶がある。少し伸ばしてみる気はないのか？」

「んー……。でもおれの髪って、変な癖が強くて……長くすると面倒なんですよ。あっちこっち跳ねて収拾がつかなくなっちゃって」

「そうなったら、毎日わたしがセットしてやろう。朝の楽しみが増える」

「うわ……」

エリヤは思わず声を漏らした。首から上が熱くなり、紅く染まっていることが自分でもわかる。

「どうした？」

「どこで憶えてくるんですか、そんな悪い男みたいな口説き文句……」

「ほう、ではもっと悪い男になってやろうか」

ふふ、と鼻を鳴らしながら、マギウスが耳朶にキスをしてくる。

「もうっ、悪戯（いたずら）猫め！」

エリヤはくすぐったげに両脚をばたばたさせて叫んだ。

「明日の朝のオムレツには、たっぷりキャットニップを盛ってやりますからね！」

するとマギウスは、「それは大変だ」と声をあげて笑いながら、ドライヤーを止めた。

「朝からお前を襲ってしまう」

幸福な時間だった。だがエリヤには恋人に問い質さなくてはならないことがあった。ベッドに転がった姿勢から、マギウスを見上げて、問う。

「……あの、聞いていいですか、マギウス」

マギウスもまた、恋人の問いかけを予測していたように「ああ。何でも」と応える。

「その、昼間店に来た人が言っていた、『能力を喰われた』っていうのは……？」

「文字通りの意味だ。一年ほど前に引き受けたある悪魔狩りの仕事でつまらない失敗をして、呪いをもらって――その時、一族としての能力のほとんどを、死に際の魔物に持っていかれた」

言いながら、マギウスは心臓の上を押さえる。その仕草を見て、エリヤは息を呑んだ。

「ケガや後遺症はないんですかっ？」

思わず勢い込んで問い詰めてしまう。もし万が一、マギウスが、痛みや苦しみを今も抱えていたら……。

「大丈夫だ。体は何ともなかった。ただ一族としての能力が弱くなってしまっただけで」

マギウスは笑いながら、エリヤの髪を撫でる。

「治療も試みたが、奪い去られた能力を復活させるすべは、一族からはとうの昔に失われていてな――」

敵の力を見くびり、侮った代償だ、とマギウスは言ったが、この責任感の強い人が、仕事に手を抜いたとはエリヤには思えない。おそらくもともと相当の危険が予想される事態で、だからこそ総領家長子のこの人が駆り出されたのだろう。

「それまでのわたしは、一族最強の狩り手、天才術者と呼ばれ、そう自負してもいた。だが、今ここにいるのは、見かけは五体満足でも、ごく簡単な祓い魔の能力と、ちっぽけな猫に変化する術しか使えなくなった、傷だらけの敗残兵だ」

　マギウスは自嘲し、くすりと鼻を鳴らす。

（そうか、あれは……）

　エリヤは思い出した。ベッドの上で、不意に小さな猫の姿に変化してしまったマギウス。おそらく今の彼は、エネルギーそれ自体がとても乏しい状態なのだ。そしてその乏しいエネルギーを使い果たしてしまいそうになると、いわば安全装置が作動して、一番消耗の少ない猫の姿に戻ってしまう。あの時、エリヤは猫に変化してしまったマギウスを見て大笑いしたが、あれは実はマギウスにとって、とても危うい場面だったのだ。

「わたしがただの下級術者に成り下がったと知って、わたしを次期総領、一族の指導者と崇めていた者たちは、たちまち意気消沈し、あっという間に離れていった。力に驕っていたつもりはなかったが——それでも、身近な人々に掌を返されたことは、けっこうなショックだった。一時は、いっそあの時魔物に喰らい尽くされていれば、と悲観したものだ」

「マギウス……」

　エリヤは思わず、マギウスの手に自らの手を重ねた。この常に自信に満ちあふれた人にも、死を望むほどつらい過去があったのか、と思うと、たまらなかった。そんなエリヤの手に、マギウスはさらにもう片方の手を重ねる。心配しなくていい、と告げるように。

「だが、取り巻きたちに見捨てられて初めて、わたしには本当の自分がわかった。たまたま身に備わっていただけの才能を過信し、それでもって他者を従え、一族の指導者、庇護者気取りでいた愚か者。母親が生粋の一族の者ではないからと、『半人』と陰口を叩かれ、その屈辱を雪ぎたいという執念に取り憑かれて、知らず知らずのうちに身近な者たちを見下していた、傲慢で嫌な人間。それがわたしの正体だったのだと」

「そんな――」

あなたが、そんな人であるわけがない。卑下しすぎだ。そう言い募ろうとしたエリヤを、マギウスは止めた。そのことで議論する気はない、と。

「そうして、見えてきたんだ。わたしよりもアーサーのほうが、はるかに次期総領としての資質を備えていると」

アーサー。あの金髪の美しい青年。エリヤは複雑な気持ちを抱いた。彼がマギウスの想い人ではなく、仲のよい弟であると知った今も、その存在は心の奥底を騒がせる。兄弟ではあっても、今もあの人は、恋人である自分以上に、マギウスの最愛なのではないか、とつい疑ってしまうのだ。つまらないやきもちだと、自覚してはいるのだが――。

「あの子は生まれつき、一族の者としての能力は、お世辞にも高くなかった。父も母も総領家とその近縁出身の純血種でありながら、『半人』のわたしよりも力が弱い。祓い魔の術も動物への変化も、身につけるのに人の倍以上の時間がかかった。父が、外で作った子どものわたしを総領家に引き取ったのも、内心で嫡子の能力の弱さに見切りをつけかけていたからだ。総領の地位を継ぐ者が、あまりに一族の者から侮られるような水準では困る、と」

「……」

「だがアーサーには素晴らしい才能がひとつだけあった。途轍もない努力家だったんだ。周囲の者たちが皆、わたしを後継者とみなし、賞賛と追従を重ねる姿を横目に、ひたすら自分の能力を磨いた。今では、古代の失われた術の研究とその復興に関しては、一族の誰も及ばぬひとかどの学者だ。総領家当主の代理者として、充分以上の仕事もしている」

「……それはすごいですね」

エリヤは素直に賞賛した。普通、世間では、恵まれない環境から才能ひとつで這い上がる人を偉人と言いがちだが、生まれの高さに恵まれた人が驕らず自分を磨き、周囲にただの綺麗なお坊ちゃんではないと認めさせるのも、並み大抵のことではない。まして、実の父親ですら自分ではなく兄に期待しているという状態で、それを僻みもせず、兄への劣等感に足を取られず、ひたすらこつこつ努力を積み重ねるなど、とても自分にはできる気がしない。

「あの子がいれば、わたしが一族総領後継者の地位を退いても、何の憂いもない。これからは、ただのひとりの男として、もっと平穏な日々の営みを大切にして謙虚に生きていこう。そう決意して、家を出たのだが……」

不意に、マギウスはばたりとベッドの上に倒れ込んだ。エリヤのとなりに体を伸ばし、腕を回して、恋人の体を抱き寄せる。

「……やはり、そう思い通りにはいかないな……。お前にも、不安な思いをさせてばかりだ」

エリヤを胸に抱きながら、マギウスはしみじみと呟く。

「そんなこと……」

そんなことはない、と言いつつも、エリヤは本能的に体を小さく丸める。その動きに何かを察したのだろう。マギウスの手が、とんとん、と丸まった背を叩いてくる。

「やはりもう一度、家の者たちときちんと話をつけなくてはならないか……」

ふう、と珍しくため息をつく恋人の腕の中で、エリヤはまんじりともせず目を見開いていた。

◇　◇

「ええ、そんなことがあったのか！」

いつもながら食欲旺盛なスコットが、赤毛妻のヘザーと並んでサンドイッチを齧(かじ)りながら、目を瞠る。

「ここ何日もマギウスさまの姿をお見かけしないから、俺はまたとうとう痴話喧嘩でもやらかしたのかと……」

どん、と音がした。口の軽い若い夫の脇腹に、若い妻が肘鉄を叩き込んだのだ。

（ああ、やっぱり）

このふたりにまでバレている……と、エリヤは頭を抱えたくなった。マギウスとのことは、特に隠しているわけではないが公言もしていないので、常連客の場合、「知っている」とはすなわち「察した」ということだ。つまりエリヤやマギウスの日頃の様子にそういう気配があるということで、これはかなり恥ずかしい。以後気をつけなくては。

こぽこぽ……と湯を注ぐ音。そろそろ冬がすっぽりと街を覆い始める季節に、湯気の立つ厨房の景色はよく似合う。

「それで、マギウスさまはお話し合いのために『領地』に行かれたきりなの？」

ヘザーがやや子どもっぽい仕草で、指についたマヨネーズを舐めている。肘鉄をくらってちくしょう、という顔の夫はまるで無視だ。

「ええ、もう一週間になりますね」

「一週間！　そりゃだいぶ面倒くせぇモメ方してんじゃねぇか？　ホントに帰って来れるんだろうな？」

またも、ばちん、と音。今度は背中を叩かれたスコットが、恨めし気な目で横の妻を睨んでいる。まるで漫才のような若夫婦のやりとりを眺めながら、エリヤは微笑した。

「おととい、手紙が来ました」

その手紙は、わざわざ執事服を着たシンクレア——あの時、アーサーを迎えに来た老人——が、威儀を正して届けてくれたものだ。

「それで、何て……？」

「もうしばらくかかりそうだが、心配しなくていい、と」

「うわ、何それ」

「気ィ遣ってるつもりで、いっちばん心配かける文面じゃねーか！」

「もう、お育ちのいい人はこれだから……！」

「まったくだ。人の旦那としちゃポンコツすぎるぜマギウスさま！」

「……」

やっぱり、この夫婦似た者同士だな……と思いつつ、曖昧に笑うしかないエリヤだ。

マギウスの不在は、覚悟していた以上につらかった。昼間はまだ、店の忙しさに紛れるが、夜が駄目だ。しんと静まり返った空気の中にいるだけで、心臓が斬り裂かれるみたいに痛む。

——考えてみれば、まったく別れ別れになるのは、出会ってから初めてだった。まだ恋人ではなかった頃も、マギウスは猫の姿で店舗に置いた籠の中で寝ていたし、朝はいつも、まだエリヤが起き出す前から寝室に侵入していた。もう十年も一緒に暮らしている家族のように。

ほとんどずっと一緒だった。愛し合うようになる前も、あとも。

「……思い出せないんですよね」

エリヤのぽつりとした呟きを、若夫婦はしっかり拾ったようで、ふたり同時に「へっ？」と声をあげ、カウンター越しにこちらを注視してくる。

「あの人と出会う前の自分が、いったいどうやって生きていたのか」

「……」

「朝起きて、メシ食って働いて風呂入って寝る——みたいにして、毎日生きていたはずなのに、何て言うか、マギウスがいないだけで、何食べても味がしないし、生きている実感がないというか——。おれ、前はいったいどうやって心臓動かしてたんだろう、って」

シーン、と妙な沈黙が降りた。常にどちらかがしゃべっている若夫婦がどちらも口を噤んだからだ。

「……聞いたかへザー」

「聞いたわよスコット」

「惚気(のろけ)だ……」

「惚気だわ」

「てゆうか俺、ここまで豪直球の惚気、初めて聞いたぜ……」

「ホントにいるのねぇ。『あの人がいないと生きられない』なんて言う人……」

「え……」

若夫婦の掛け合いを聞いて、エリヤは初めて自分が何を口走ったのかに気づいた。そして動揺のあまり目が回り、顔を派手に紅潮させた。

「～～～っ」

「あらあら、今さら照れるの？　聞かされたこっちのほうが恥ずかしかったんだけど？」

半眼のヘザーにからかわれて、エリヤはとうとう厨房の中で屈み込んでしまった。頭上のカウンター越しに、「こらヘザー」と若妻を咎(とが)めるスコットの声がする。

「本気で悩んでる人間をそんな軽いノリでいじるんじゃねぇ。最低だぞ」

「何よ、あんただって乗ったくせに偉そうに！」

「わぁ喧嘩はやめてください！」

今にも摑み合いになりそうな若夫婦を、エリヤは制止する。

「すみません、おれ、ちょっと弱ってて……。仕事中に、お客さまに愚痴を零すなんて――」

不意に、若夫婦の視線がふたり分、同時にエリヤに注がれた。

「そんなことあやまっちゃ駄目よ、エリヤ！」

「そーだぞ、あんたは、女房の命を救ってくれた大事な恩人じゃねーか！」

「それにあなたは、もうわたしたち『一族』の大事な仲間なのよ？　水臭いこと言わないで！」

騒がしい夫婦は、絶妙な呼吸で今度は交互にエリヤを元気づけ始める。そしてそれは、ある程度の効果をもたらした。

「はは、ありがとう」

エリヤは立ち上がった。仲間——か。何てありがたい言葉だろう。

「少し元気が出ました……お茶のおかわりはいかがですか？」

「そんなことはいいから、エリヤ」

ヘザーが赤毛を耳にかけながら言う。

「そんなにマギウスさまに会いたいなら、いっそ会いに行ったらどう？」

一瞬、沈黙が降りた。「え？」とエリヤは目を瞠る。

「え、じゃないわよ。マギウスさまは別に来るなと言ってるわけじゃないんでしょう？　だったら、押しかけたって構わないんじゃない？」

「でも、『領地』には一族の人たちしか立ち入れないんじゃ……？」

出会ったばかりの頃、確かそう聞いた覚えがある。この店には、一族以外の「異物」を領地に立ち入らせないための「門（ゲート）」の役目もあると。

「は？　何言ってんだ。あんただって一族の血ぃ引いてんだろ？　普通に入れるはずだぜ？」

スコットは、今さら何を当たり前のことを、と言いたげな口調で視線を上げる。そしてエリヤの表情を見て、戸惑ったようだ。

「え……もしかして、今まで一度もハーブ園を抜けて『領地』のほうへ行ったことがないのか、あんた？」

「ありません。てっきりおれは行けないものとばかり思ってました。多少の能力はあっても、おれは普通の人間なので……」

「そんなはずはないさ。領地の住民だって今どき純血種の奴なんてほとんどいないし、第一マギウスさま自身、母親はほぼ普通の人間なんだろ？　あんたは薄いながらも一族の血を引いていて、『神のさじ加減』の能力も持っている。結界に弾かれる理由はないぜ」

「そんな……」

「ねえ、もしかしてマギウスさまに行くなと言われたことがあったの？」

「――いいえ」

考えてみれば、領地への立ち入りを禁止された記憶はない。ただ何となく、そう思い込んでいただけだ。

（いや、けれども……マギウスは一度も『行ってみないか』とは言わなかった……。おれがハーブ園より向こうに行ったことがないことくらい、あの人にはわかっていただろうに――）

――マギウスは、エリヤの勘違いをあえて訂正しなかった……？

ふっと兆したその疑いは、思いのほかエリヤにダメージを与えた。自覚しているよりも心が弱っていたのかもしれない。

マギウスは、エリヤが自分は「領地」に立ち入れないものと思い込んでいるのを、そうと知りながら放置していた。お前は素晴らしい一族の能力の持ち主だと褒め称えながら、エリヤが一族にとけこむのを避けた。少なくとも、積極的に交流を持つことを勧めなかった。巧妙にのけ者にした。

（……どうして？）

なぜそんな……エリヤをここに閉じ込めておくようなことを？

住居を与えてそこに囲い込み、こっそりと隠れて寵愛するなんて、まるで愛人の扱いだ――と考えて、エリヤは嫌な符合に気がつく。

（マギウスのお母さん……）

この店の前の女主人。日陰の身の愛人として、ひとりで子どもを産み育て、愛した男が自分以外の女性を正妻に迎えるのを黙って見ていなくてはならなかった、幸薄い女性。今の自分は、彼女の境遇そのままだ。

ここでお前と生きていく、と告げた恋人の姿が、声が、にわかに不安に塗りつぶされていく。

（でも、だって、そんな……まさか……マギウスに限って）

エリヤを愛人にしておいて、総領としては別に妻を迎えるなんてことを――するわけが……。

「じゃあ、行っちゃいなさいよエリヤ」

ヘザーがけしかける声に、エリヤはハッと物思いから覚める。

「愛しい恋人に追い縋られて、悪い気はしないと思うわよ？　たとえ迷惑顔をされても、この場合、こんなにあなたを待たせているマギウスさまのほうが悪いんだし」

ごぼごぼ、と湯の沸く音が響く。エリヤは電気ポットのスイッチを切った。

そのまま、黙って考える。

――恋人の心を確かめようとすることは、裏切りだろうか？

以前のエリヤであれば、きっとただひたすら、飼い犬のように健気(けなげ)に、マギウスの帰りを待つだけだった。迷惑をかけたくない、ということを優先し、どんなに内心が不安でも、運命に身を委ねてじっとしていた。大人たちの都合によって選ばれる養い親が現れる日を、ただ待ち続け、成り行きに身を任せるしかなかった、幼い日のように。

だけど、今回ばかりは駄目だ。マギウスは、もうただの情事の相手ではない。この先ずっと自分と共に生きてくれるかもしれない人――エリヤの人生なのだ。自分の足で行動し、自分の目と耳で真実を確かめなくては、納得できない。

やっと得られたこの幸せな居場所を、何もできないまま失いたくない――。

「……そうですね」

エリヤは顔を上げた。

「明日は午後から半日閉店にします」

若い赤毛夫婦は、同時ににやりと笑って親指を立てた。

「寒っ……」

斬るような冷たい風に、エリヤはマフラーの中に顎先を埋めた。

クローズドの看板は出すが、ドアに鍵はかけない。「アップルブロッサム」は人間の世界と一族の「領地」を結ぶ通路であり、万が一の場合の避難所なのだ。留守番にはカヤを頼んだし、店舗それ自体にも何やら術がかけられているらしいので、一般的な意味での防犯の心配はない。

ハーブ園は、すっかり冬の装いだ。常緑のローズマリーを除けば、一面すっかり枯れ色で、初めてここを見た日の瑞々しい緑色が幻のように思えた。花壇の間を歩くと、枯草がさくさくと音を立てる。

右手には、大ぶりの手提げ籠。中身は数種類の焼き菓子だ。スコーンや、ショートブレッド。小ぶりのパイに、キャラウェイシードを入れたケーキ。それから数種類のハーブティーリーフ。おそらく大層な名門なのだろう一族の総領家を訪問するにしては粗末な手土産（みやげ）だが、今の自分の精一杯だ。

ハーブ園の石垣を抜ける木戸を通れることは、昨日のうちに確認済みだった。掌で軽く押すと、ぎい……と、その木戸が開く。

緩く起伏のある大地は一面の冬枯れ色。カラカラになった枯葉をまとわりつかせている木々はリンゴだろう。どうやらこのあたり一帯は果樹園のようだ。

人影のない、寂寞（せきばく）とした光景。

「これが、『領地』か……」

周囲の光景を見回しながら、茫然と呟く。エリヤの体内の血の何分の一かが生まれた故郷は、ひどくうら寂しい土地だった。足を進めても、石垣で囲われた牧草地に家畜の姿はとぼしく、点在する畑にも、果樹園にも、現代的な農法が取り入れられている形跡がない。リンゴの木立もただ植えられているだけという態（てい）で手入れはされておらず、素人目に見ても、豊かな農地、とは言えないようだ。

（……何か、思っていたのと違う）

エリヤの想像では、魔術使いの村というのは、もっと牧歌的で豊かで温かく、人々の笑みが絶えない、明るく楽しいテーマパークのようなものだった。しかしここで目につくのは、寒々しさと貧しさばかりだ。

不意にごろごろと、車輪の音がした。振り向くと、何と荷馬車がこちらへやってくる。手綱を取っているのはローブ姿の縮こまった老人で、荷台にも数人の老若男女が寒々しい様子で乗っている。乗合馬車というところだろうか。

「乗るかい？」

老人が言った。見知らぬ人と身を寄せ合うことに抵抗を覚え、エリヤが「いいえ」と首を振って謝絶しようとすると、荷台にいた女性がこちらへ身を乗り出してくる。

「おや、あんた、『門（ゲート）』の番人さんじゃないか。マギウスさまの片腕と評判の」

途端に、人々が首を伸ばして活気づく。

「なに、マギウスさまの？」

「ああ、もしかして噂の『神のさじ加減』さまかね？」

「おお、わしは以前、孫から土産に神経痛に効くハーブティーをもらったことがあるんだがね、ありゃあよく効いたよ」

「うちの息子が悪魔狩りの仕事でつまらん傷をもらった時も、疼きに悩まされずによく眠れたと喜んどったねぇ」

うちのばあちゃんの不眠症も、息子の女房の乳の出も、と、馬車内はわいわいと大盛り上がりだ。

そのうちにひとりの老婆が、そういえば、と小首を傾げた。

「もしかして総領家へ行きなさるのかね？」

「え、ええ、まあ……」

「じゃあ乗ってお行きよ。この爺さんもあんたの能力には世話になってるはずさ。お代を取ろうなんてケチくさいことは言わないはずだよ」

御者の老人を指差して、勝手に決めつける。だが老人が特に文句も言わないところを見ると、その通りにしてよいらしい。迷いつつも、エリヤは「じゃあ、お邪魔します」と声をかけて荷台に乗ろうとした。ひとりの少年が駆け寄ってきて手を伸ばし、エリヤを引っ張り上げてくれる。

「ありがとう、助かったよ」

若いエリヤにとって、荷台に踏み台なしで上がることくらい、手助けしてもらわなくても大した労力ではない。だがとにかく他人に手を貸そうとしてくれた少年の気持ちを汲んで、エリヤは礼を述べた。誇らしげにえへへと笑う少年に、ペーパーナプキンに包んだ菓子をひとつ渡す。少年の母親らしい女性が、こちらが恐縮するくらいの勢いで、ありがとうございます、ありがとうございます、と手を握りしめて感謝してくれる。

どの人々も温かかった。だが、身なりはお世辞にもいいとは言えない。枯草の覆う耕作地や、舗装のされていない泥まみれの道と同じく、つつましく貧しげで、何より精彩を欠いている。

——衰亡してゆく一族には、より強いリーダーがおらねばならぬ……。

グレンショーの声が耳に蘇る。

（あれは……本当のことを言っていたんだ……）

エリヤの第一印象では、高慢で嫌なばかりの老人だった。だが『領地』を覆う荒涼とした空気は、彼の言葉が嘘ではなかったことをエリヤに伝えてくる。

「そういえば、今、総領家にマギウスさまがお戻りになっておられるらしいねぇ」

思いに沈んでいるところに声をかけられて、エリヤはびくつきながら「え、ええ」と答える。

「では結局、総領家の次のご当主はマギウスさまかね」

「ええ？　弟君のアーサーさまに後継者の地位を譲られて家を出られたんじゃなかったのかい？」

「何でもマギウスさまを推すご兄弟の叔父のグレンショーさまが、アーサーさまを推す従兄のサパスさまを何が何でも総領家から排除なさろうと画策しておられて、双方一触即発じゃそうな。マギウスさまがいくら辞退しなさろうと、マギウスさまを立てようとなさる方々もそう簡単には引き下がれんじゃろう――……」

その時だった。派手で大きなクラクションが鳴り響き、軍用車と見まがうような巨大なオープンカーがこちらへ爆走してくるのが見えた。エリヤはたいして車に詳しくないが、それが歴史の教科書に白黒写真で掲載されていたものと似ていることくらいはわかる。写真の中で手を振っていた人物は、確かアドルフ・ヒトラーだった……。

「こりゃいかん、サパスさまだ」

御者の老人が慌てて手綱をたぐり、荷馬車を脇にどけようとする。その真横を、安全などまるで考えもしないような速度で、車が走り抜けていく。

泥水が跳ね上がる。エリヤはそれをまともに浴びかけた少年を抱き寄せて庇った。びちゃり、と嫌な音を立てて、髪と横顔に泥がかかる。

――何するんだ。

その一念で視線を振り向けると、黒光りのする車体はすでに果樹園の向こう側へ走り去っていた。サパスという男の顔を確かめる暇もない。

「まあまあ、重ね重ねありがとうございます、うちの子を守ってくださって……！」

少年の母親が、慌ててハンカチでエリヤの髪や顔を拭い始めた。その横を今度は、まるで無人の荒野を行くような勢いで、次々にバイクが走り抜けていく。荷台の人々は必死に身を捩り、飛んでくる泥水を避けた。

「なんとまあ、鼻息の荒いこった」

人の形をした嵐が去った後、御者の老人が、のんびりと、だが怒りと悪意を込めて言う。

「まるでもう、総領さまの摂政とそのご側近気取りじゃのう」

「まるで、ではなく、もうそうなっておるよ。このごろはあちこちの家で娘が乱暴されただの、息子が仕事の報酬をピンハネされただの、年寄りが言いくるめられて先祖伝来の土地を取られただの、腹の煮える話をしょっちゅう聞かされるわい」

「もしマギウスさまではなくアーサーさまが総領になられたら、あんな連中に遠慮しながら生活しなきゃならなくなるのかねぇ……」

憂鬱なことだ、と言いたげに、老婆が首を振る。

ふたたび、荷馬車がぎしぎしと揺れながら進み始める。エリヤが膝を抱えてうつむいていると、となりから肩を叩かれた。

「ほら、あれが総領家さ」

指差す先に、陰鬱な灰色の石造りの城。

――あの家に、わたしの居場所はなかった。

マギウスの声が脳裏に蘇る。幼い日、母親を亡くして引き取られてきた彼の目に、この陰鬱な城はどう映っただろう……。

エリヤは荷台の人々にひとつずつ菓子を配り、彼らからの丁重な礼を受けながら、馬車を降りた。


突然の来訪者は、意外なほどあっさりと中へ導かれた。出迎えたのは、いつもながら端整な物腰のシンクレアだ。

「そろそろいらっしゃると思っておりました」

重厚な扉が開くなりにっこりと笑いかけられて、エリヤは（読まれているなぁ）と引きつった笑いを浮かべるしかなかった。この老練そうな執事はエリヤとマギウスとの間の私信のやりとりを受け持っている。ふたりの関係が特別なものであることも、ある程度は察しているはずだ。後継者指名を蹴って家から逃げた庶長子の愛人を、内心どう思っていることやら。

「えーと……あの、アポなしで押しかけてすみません。マギウスに会えますか？」

「少々お時間をいただくことになりますが」

突然押しかけて来た身で、すぐに会わせろなどと言えるはずもない。もちろんです、と頷くと、シンクレアはエリヤを城の中へ導き入れた。

総領家の城は、部屋数と調度こそ豪華だったが、どういうわけか壁面は古い石積みが剝き出しのままで使用されており、外から見た感じのままに陰鬱な雰囲気に満ちていた。例えるなら身分の高い罪人が閉じ込められていた監獄、という感じで、日が暮れれば、さぞかしホラーな雰囲気たっぷりになるだろう。

「こちらでお待ちくださいませ」

そう告げられ、通された部屋は、歴代の総領家の人々らしき肖像画が掲げられ、マントルピースがあり、優美な曲線の椅子とテーブルが置かれていた。きちんと整えられてはいるが、生活する空間という感じではない。一般家庭では応接間にあたるのだろうか。

——この城で、マギウスは寂しい少年時代を送った……。

物珍しさに、あちこちを見回していると、黒髪に黒い瞳の少年の姿が、ふと視界をよぎったような気がした。きちんとアイロンをあてた白いシャツに、膝小僧の出る半ズボン。汚れもたるみもない靴下に磨き上げた革靴を履いて、手には何冊もの本。白い秀麗な顔には、孤独の陰を宿した、思わず抱きしめてしまいたくなるほど寂しげで愛しい、少年のまぼろし。

「マギウス……」

思わず呟き、まぼろしに向かって手を伸べた、その瞬間、ドアがコツコツと四度叩かれた。

「マギウスっ？」

ドアに駆け寄る。

だがその目の前に現れたのは、黒髪で長身の青年ではなく、金髪の小柄な貴公子だった。

「アーサーさん……！」

「ごめんね、兄さんじゃなくて」

相変わらず湖水のような色合いの瞳を瞬いて、美貌の青年はエリヤを見つめてくる。

「つい今しがた、マギウスから『今日はそちらへ戻れない』って連絡が来たんだ。あなたにはすぐ知らせてあげなきゃと思って」

「そ、そうですか……」

「わざわざ来てくれたのに、申し訳ない。今、うちは親戚一同や一族の有力者まで巻き込んで、お家騒動のさ中なんだ。決してあなたを放って置いているわけじゃないんだけど……ごめんね、『神のさじ加減』さん」

美しい笑顔だった。一時は恋敵かと疑い、嫉妬もしたというのに、こうして相対してみれば、やはりどうしたってこの美貌には見惚れて、心を惹かれずにいられない。

「でもせっかく来てくれたんだ、ぼくがおもてなしするよ。こちらへどうぞ」

にっこり笑ってエリヤを導こうとする物腰は、物柔らかで礼儀正しいくせに相手に有無を言わせない。ああ、マギウスと同じだ。この人も、人の上に立つことが当たり前の身分なのだな――と実感しつつ、エリヤは操られたように唯々諾々と、アーサーのあとをついて歩いた。

「本当はお客様を案内するような部屋じゃないんだけど……」

そんな言い訳と共に導き入れられた部屋は、だがエリヤの目には先ほどの応接室と同様、充分に見栄えよく豪奢に見えた。特徴といえば、やや物が乱雑に置かれていることと、部屋の四方の壁がびっしりと本で覆われていることくらいだろうか。

あとは小さな机に積み上げられた、おびただしい未整理の書類やノート。植物標本。大きく古めかしい天球儀――。

「……図書館みたいだ……」

　思わず呟くと、くすす、と忍び笑う声がした。

「ここはぼくの研究室。ここにあるのは、一族累代に伝わる魔術書や薬草学の文献なんだ。散逸したり、長い時の中で読み解き方がわからなくなってしまったものも多くてね。研究を重ねてまとめるまでには、まだまだ時間がかかる」

「あなたは途轍もない努力家だと、マギ……お兄さんもおっしゃっていました」

　エリヤは褒めたつもりだったのだが、アーサーは何やら微妙な顔をして首を振った。そんな大層なものではないよ、と言いたげに。

「これは、兄が総領の地位を継いだ暁に、少しでも役に立ちたくて始めた研究なんだ。ぼく自身は総領家の男子としては使い物にならないくらい弱い能力しか持っていなかったから……」

　アーサーは憂鬱そうにため息をつく。

「いつかマギウスを凌駕して、自分が次期総領の地位を奪おうなんて思惑、これっぽっちもなかったんだけどな……」

　自分を背後から操ろうとしているサパスという従兄のことを苦慮しているのだろうか。そこへシンクレアがお茶のワゴンを押して現れた。エリヤが持ちっぱなしだった手土産のことを思い出して差し出すと、古典絵画のように気品にあふれた主従は、意外なほど素直に喜んだ。

「うわあ、こんなに沢山！　用意するの大変だったでしょう？」

「いやそんな、大したものじゃ」

エリヤは引きつった笑いで誤魔化(ごまか)した。昨夜遅くまでかかって用意したものではあるが、どれもこれも素朴な焼き菓子だ。こんな立派なお城に住む貴公子には、とても見合うものではない。

「ううん、だってあなたは『神のさじ加減』だもの。ハーブティーだけじゃなく、食べ物にだってその力は作用するはずだよ。これはぼくら『一族』にとってはこの上ない御馳走だ。あの時飲ませてもらった薔薇のお茶みたいにね」

——あの時。

それはアーサーが、家出した兄を連れ戻すために「アップルブロッサム」へやってきた日のことに違いなかった。あの時エリヤはこの美貌の青年をマギウスの元恋人だと思い込んでいて、その嫉妬心もあって、ついムキになり、効能の強すぎる茶を出してしまったのだ。

「あ、あの時はすみませんでした」

恐縮するエリヤに、貴公子は鷹揚(おうよう)だった。

「いいんだ。一瞬驚いたけれど、あのあとしばらく、髪も肌も手入れいらずでピカピカで」

アーサーは自分の頬を撫でながらコロコロと笑った。実際に満開の薔薇の花のような青年が言うと、説得力があることこの上ない。

「城の女性たち全員に羨ましがられて大変だった。サパスまでもが得意満面に、次期総領に相応しいお美しさだ、とか言い出して、見かけの美しさなど何の役に立つか、っていうグレンショーの叔父上と険悪になってさ」

「な、何かすみません……」

「ああ、いや、迷惑を蒙ったなんて言っているんじゃないんだ。ただ、『神のさじ加減』の力は絶大だな、と感銘を受けただけで」

くすくす、とアーサーは笑う。その間に茶の仕度が整い、エリヤはアーサーと向かい合って席につく。

しばらくは当たり障りのない談笑が続いた。アーサーとマギウスの子ども時代の逸話や、兄弟の父親は今、病気療養中で、この城の奥深く、寝たきりの生活を送っていること。マギウスが昔、「領地」内で起こった領民同士の争いを、病身の父親に代わって見事に裁き、それ以来、領民たちに慕われていること……。

「マギウスの尽力で、領民たちにも『悪魔狩り』の仕事が回るようになって、貧しさも少しは緩和された。でも、領民すべてが実入りのいい仕事に従事できるわけではないから、このままでは一族内の経済格差が固定されてしまう。力を持っている長老たちは皆保守的で、外の世界の技術を取り入れることを嫌うから、生活環境は劣悪なままだし、若い人たちは普通の人間の世界へ流出してしまって、人口は減る一方だ。あれやこれや、まだまだ課題は山積みなんだよ。マギウスはお前には充分総領の資格があるなんて言うけれど、どう考えても、ぼくには一族の未来を背負う器量なんてない。就任なんかしたって、ああマギウスさまが総領になってくださっていたら今頃は――って、皆から愚痴を零されるのがオチだよ。ぼくなんて、サパスたちの傍若無人な振る舞いを止めることもできない能無しなのに――」

しょぼん、という擬音が聞こえてきそうな表情で、アーサーは言う。エリヤにはその気持ちがよくわかった。もし自分にマギウスのような兄がいたら、お前ならできる、自信を持って堂々と振る舞え、などと激励されても困惑するだけだろう。人々から望まれているのは、自分ではなくマギウスのほうなのに、と。

(おれは……)

エリヤは急速に気分が沈み込むのを感じた。ここへ来る道々で触れ合った人々の、寒々しい姿が目に浮かぶ。

(おれは、あの人たちやアーサーさんから、マギウスを奪おうとしているんだ……)

ずきり――と、胸が痛んだ。

「それで、ねえ、お願いがあるんだけど」

湖水色の瞳でちらりと窺われて、エリヤは紅茶を波立たせながら、「ひゃいっ?」と変な声を立ててしまう。

「お、おれに、ですか？」

アーサーは思慮深げな顔で頷く。

「うん、マギウスはね、以前の仕事で『悪魔狩り』の能力を失ったことを理由にして、総領の地位を辞退しようとしているのだけれど……」

それとて、治療の方法がまったくないわけではないのだ、とアーサーは言い、立ち上がる。そして机の上から、一冊の古色蒼然とした本を手に戻ってきた。

「ええと……ほら、ここだ」

真新しい紙片を挟んだページを開き、とんとん、と一か所を叩く。

「ここに、マギウスと同じように、悪魔の呪いをもらって、能力のほとんどを地獄に持ち去られた『一族』の古い記録がある」

散々探し回って、やっと見つけたんだ――と、アーサーは告げた。ページを繰るその指先が、貴公子らしからぬほど荒れてカサついていることに、エリヤは気づく。おそらくこの記録を見つけるために、何百ページと古文書をめくり続けたのだろう。

「そしてこっちが」

その指先が、羊皮紙の上を滑る。

「彼を治療した薬師の診療記録だ。この薬師は、記録に残っている中では、一族最後の『神のさじ加減』の能力の持ち主だった」

エリヤとアーサーは同時に互いの目を覗き込んだ。つまり「神のさじ加減」の能力があれば、マギウスの失った能力を回復させることができる――ということだ。

「ここにはその時に使用されたハーブや薬草類の詳細な配合記録も残されている。あとは、あなたが力を貸してくれるか否かだ」

「……！」

「エリヤ」

アーサーは本を閉じた。そしてその手でそのまま、エリヤの手を掴む。

金髪に覆われた頭がすっと沈み、エリヤの目の位置より低くなる。

「……っ」

美貌の貴公子に目の前に跪かれて、エリヤは驚いて椅子ごと退こうとする。だがアーサーは、そんなエリヤの手を強く引き寄せ、逃がそうとしない。

「わかってほしい――みんながマギウスを必要としているんだ。この家が、ぼくが、何より『領地』で暮らす善良な人々が」

「アーサー……さん」

「何よりぼくは、彼のたったひとりの弟として、兄に幸せになって欲しいんだ」

それは真摯な願いだった。アーサーの青い瞳には、家族への熱い想いがあふれている。

「兄の母上はね、少しばかり一族の血を引いてはいたらしいのだけれども、能力はほとんど持っていなくて、ごく普通の人間として生まれ育った人だった。そのせいでマギウスは長年、総領家に仕える使用人たちからすら『半人(ハーフ)』と見下されていたんだ。ぼくらの父はそういう細かいことに目配りのできる人ではなくて——マギウスが黙って呑み込まなくてはならなかった悔しさは、半端なものではなかっただろう。魔物に呪いをもらって能力が激減した時も、それ見たことかと鬼の首取ったみたいに騒ぐ奴らがいて、マギウスは見ていられないほど深く傷ついていた。なのに、ぼくはその時も何もしてあげられなくて……」

エリヤは絶句するばかりだ。そんなエリヤに、美しいアーサーは、その魅惑的な唇で、さらに残酷な言葉を綴(つづ)った。

「でもね、本来の能力を取り戻した上で総領になれば、そういう奴らを全部見返してやることができる。兄にはすでに、素晴らしい花嫁候補の女性も選ばれているんだ。ぼくたち兄弟の幼なじみで、小さい頃からずっとマギウスを想い続けてきた女性でね……彼女なら、きっと申し分のない総領の妻になって、夫を支え、兄の地位に箔(はく)をつけてくれる。そして子どもを産み、マギウスに温かい家庭を与えてもくれるだろう。ぼくとふたりで寂しさを慰め合って生きてきたマギウスも、これでようやく血の繋がった自分の家族を持ち、孤独から抜け出せるはずだ」

「……っ……！」

「エリヤ、お願いだ、力を貸して」

手に力が籠（こ）もる。

「マギウスの傷を癒やしてあげて欲しい。これは、あなたにしかできないことだ」

エリヤは血の気が引いていく感覚の中にいた。アーサーの手の熱さ、握りしめる力だけがリアルだ。

（お……れが、マギウスの能力を回復させる……？）

とっさに考えたのは、「嫌だ」のひと言だ。嫌だ、そんなことをしたら、マギウスがおれから離れて行ってしまう。総領の地位に就き、相応しい花嫁を迎える。家族ができる。血の繋がった子どもが生まれ、エリヤはたまにお情けを受ける愛人の地位に押し込められるか、きっぱりと捨てられるだろう。嫌だ。そんなのは嫌だ。

（けれど……）

もしそうなれば……と、エリヤは震えながら思った。マギウスは、もうひとりぼっちではなくなる。誰に隠す必要もない、正式な家族を持つことができる。一族を率いる地位に就けば、母親が普通の人間だったからと、半人（ハーフ）と侮られる悔しさも、もう味わわされずにすむだろう。どれもエリヤがマギウスに与えてやれないものばかりだ。

何より、エリヤがマギウスを諦めれば、沢山の人が幸せになれる——。

（おれは……）

エリヤは唇を噛んだ。目の前のアーサーの顔に重なって、貧しげで善良な一族の人々の顔が浮かぶ。

（おれは、あの人たちからマギウスを奪って、自分だけ幸せになるなんて、できない……）

そしてマギウスからも、幸せを奪うことはできない——。

「わ……」

エリヤは小さく頷きながら、アーサーに告げた。

「わかり、ました……。マギウスの体を癒やすハーブ、必ず毎日、このお城まで届けます」

——彼にはわからないように、毎日飲ませてあげてください。

そう告げられたアーサーが、歓声をあげながら、「ありがとう」と繰り返す。

「ありがとう、ありがとう……！　すごく、すごく嬉しいよ！　これでみんなが助かる。一族も総領家も、幸せな将来を手に入れられる！」

その声を聞きながら、エリヤは顔を上げることができなかった。

残酷だ……。

死にそうなほどつらい。

けれども、やらなくてはならない。

マギウスのために。

多くの人々の幸せのために。

それを成し遂げられるのは、この手に宿る「神のさじ加減」の力だけなのだから。


くつくつくつ、と鍋の中身が煮える音。

夜の更けた「アップルブロッサム」には、店内いっぱいに甘く煮詰めたような匂いが立ち込めている。

「チコリパウダーに、シナモンと、クローブと、リコリス……と。あとベリーはもう少し入れたほうが口当たりがいいか……」

味を決めて、火を止める。鍋ごと水につけて、急速に冷やす。勢いよくあふれた冷まし水が跳ね、エプロンを濡らした。

毎夜、この薬を作り始めて、そろそろ一週間になるだろうか。冷まして瓶詰めにしたものを、なるべく新鮮なうちにシンクレアが取りに来てくれる流れも、すっかりルーティンになった。今夜もそろそろ、瀟洒な執事姿の彼が現れるだろう。

ハーブの薬効は確かなものだが、現代医療の薬品のような即効性はない。毎日確実に、規則的に服用していくしかないのだ。

「あとはアーサーさんにお手紙書いて、終わりだな」

疲れ切った体をうーんと伸ばして、厨房を出る。

アーサーはエリヤのハーブ薬を、着実にマギウスに投与してくれているらしい。あのマギウスをどうやって言いくるめているのか知らないが、やはりあの美貌の人は外見の何倍も強かでやり手だ。マギウスが総領に就任した暁には、きっとよき右腕となるだろう。

――兄にはすでに、素晴らしい花嫁も選ばれているんだ。彼女なら、きっとマギウスに温かい家庭を与えてくれる……。

ぎゅっ、と唇を噛む。

しんと静まり返った店舗の中で、ひとりきり、苦しさに耐える。

わかっている。アーサーを憎んだり恨んだりするのは筋違いだ。彼はただ、無邪気に兄を慕い、その幸福を願っているだけだ。

それに、マギウスは以前、アーサーのくれる兄弟愛だけが少年時代の心の支えだったと言っていた。きっと彼は小さな体と小さな手で、いつも精一杯寂しそうな兄を慰めていたのだろう。

そんな風にマギウスを愛してくれた人を、恨んだりできるはずもない。マギウスの幸せを願ってくれている人の気持ちを、無下にすることなどできない。自分ひとりが、彼の愛を独占して幸せになることなど、できるはずもない――。

（大丈夫だ）

エリヤは自分を納得させようとした。

（たとえマギウスを失うことになっても、おれはもうひとりぼっちじゃない。カヤさんやスコットやヘザーさんや……おれのハーブティーを愛してくれる人たちがいる。それにマギウスも、たぶん、この店からおれを追い出したりはしないはずだ……）

マギウスのことだ。総領に就任して花嫁を迎えることになれば、おそらくけじめのためにエリヤとはきっぱり関係を断とうとするだろう。彼はそういう人だし、だからこそエリヤも焦がれたのだ。

（その時は、おれも潔くしないと、な……）

捨てられる覚悟はある。けれど泣いて縋りついたり、嫌だと喚いたりせずに、笑顔でさよならなんて言えるだろうか。万が一にもマギウスの心に傷を残すような振る舞いはしたくないのだけれど……。

かたん、と音がした。便箋から、はっ、と目を上げる。

「シンクレアさん？」

ドアの鍵を開いてやるために席を立つ。

「ご苦労さまです。今夜はお早いですね。ごめんなさい、お薬、まだ瓶詰めができていなくて……」

だがエリヤが開錠するより早く、ドアの一部が、小さくかたりと動いていた。

猫用の出入り口が――。

「マギウス……！」

白黒模様の猫が、スラップ式の小さなドアを額で押して入ってくる。その猫が後ろ足で床を踏みきり、エリヤに向けて飛びかかってきた。

「うわ！」

エリヤは一瞬、夜の闇そのものが飛びかかってきたかと錯覚した。両腕ですっぽり抱えられる程度の大きさだった猫が、空中でぐんっと膨らみ、そのままエリヤを押し倒したのだ。床に背中を打ちつけ、ぐっと呻いた次の瞬間、眼前に見たのは、四肢を押さえつける巨大な黒豹の姿だ。

波打つような、漆黒の毛並み。鉤のような前脚の爪。

「マ……ギウス……？」

うそだろ……と、半信半疑で問いかける。不思議なことにはもう慣れた。何があっても驚かない、と幾度思ったことだろう。だが「一族」の能力は、幾度でもエリヤの想像を上回ってくる。

「マギウスなんですか……？」

フーッ、フーッ、と熱い吐息を漏らす口元からは、白い牙が覗いている。可愛らしい猫の時とはくらべ物にならない兇暴（きょうぼう）な姿に、思わずこくりと喉が鳴る。

「エリヤ……」

黒豹の口から、紛れもない恋人の声が聞こえた。

「やはりあのハーブ薬を調合したのはお前か」

「……っ」

「それをアーサーのところへ送って、わたしに盛っていたのだな？」

ぐんっ、と音を立てて、黒豹が人の形へ変化する。

「アーサーと結託して、わたしに能力を取り戻させたのだな？」

顔の上にあるマギウスの目が、強い感情に燃えている……。

（そうか）

エリヤは気づいた。

「マギウスあなた……能力が戻ったんですね？　悪魔にもらった呪いの傷が、消えたんですね？」

この黒豹こそが、彼本来の姿。能力が回復したマギウス本来の変化体なのだ。エリヤが夜毎（よごと）彼を思いながら作ったハーブ薬が、効能を現したのだ。

喜びに声を弾ませるエリヤを前に、だがなぜか、マギウスは怒った目のままだ。

エリヤの四肢を押さえつける力も、緩めようとしない。

「なぜこんなことをした？」

「え……？」

低い這うような声に、思わず目の前の顔を凝視する。

「言ったはずだぞ。わたしは能力を取り戻すことなど望んでいないと。ただの凡庸なひとりの男として、お前とここで生きていくことが望みだ、と」

手首を掴む力が、ぐうっと強くなる。エリヤはその痛みに、思わず目を閉じた。

「言え、エリヤ！　どうして勝手にこんなことをした！　アーサーはお前もわたしの総領就任を望んでいたと言っていたが、本当なのかっ？　お前まで、わたしに望みもしない生き方を押しつけようとしたのか！」

「マギウス待って！」

「なぜだ、どうして！　長い間放って置いたのを恨んでいるのか？　それとも、わたしと共にいるのが、嫌になったのか！」

「マ……」

あまりに激しい怒りに、エリヤは絶句する。

これほど感情を剝き出しにするマギウスを、エリヤは見たことがなかった。こんなに激しく怒る人だとは、思いもよらなかった。

出会った頃からずっと、マギウスは落ち着いた大人の雰囲気を漂わせる、穏やかな男だった。エリヤはそういうマギウスに憧れ、それが恋心になった。

だが今ここにいるマギウスは、過去に見たどのマギウスとも違っていた。エリヤの勝手に怒り、突き放される気配に怯え、捨てられる恐怖に慄く、子どものような男だった。

「……マギウス、聞いて」

「嫌だ」

「あなたは総領になるべきだ」

「嫌だと言っているだろう！」

「あなたにもわかっているはずだ。あなたが総領の地位から逃げたら、沢山の人が不幸になってしまう。あなたに期待している人たちが、絶望の底に沈んでしまう！」

「……っ……！」

「義務を投げ出して、アーサーさんひとりに苦労を背負わせて、自分だけ楽になるなんて……本当に、それでいいの？　後悔しないの？」

マギウスの目に、迷いの色が走る。当然だろう。彼は決して無責任な人間ではない。長年、総領家の男子として何不自由なく育てられた身の義務は、重々承知しているはずだ。

「いいんだ！」

だがそれでもなお、マギウスはそれを振り切ろうとする。

「散々『半人（ハーフ）』と蔑まれ、ろくに愛してももらえなかった場所になど、何の未練もない！　たとえ能力が戻っても、わたしは家には戻らない！　ここで、この場所で、愛するお前と幸せに暮らす。それ以外の未来はいらない！」

「卑怯者！」

エリヤは叫んだ。

「おれを、嫌なことから逃げ出す言い訳に使わないで！」

「……何？」

マギウスのまとう空気が変わる。火山のような力に満ちたものから、首筋に白刃を当てられるようにひやりとしたものへ。

エリヤは一瞬、喉が引きつるほど怯えた。まずい、マギウスを本気で怒らせてしまう。もし、この次の言葉を口にしたら、どんな目に遭わされるか――……。

「さ……最初から、わかってたよ」

それでもエリヤは、言葉を続ける。

マギウスのために。

「あなたはおれを可愛がって、恋人にしてくれたけれど……恋してくれてはいない、って」

マギウスの表情に衝撃が走った。それを見るエリヤの胸にも、じんわりと悲しみが広がる。

（ああ、やっぱり、そうだったのか……）

――本当は、ずっと以前からわかっていた。

知りたくない、気づきたくない真実だった。ずっと目を背けていた。けれど、心のどこかに、そうだろうという確信があった。

――マギウスは、おれを本当に愛してくれてはいない……。

「あなたが心から欲しかったのは、おれじゃない。今までの人生と縁を切った、ここでの、楽しくて気分のいい暮らしだ――おれはそこへ、運よく転がり込んできた生活のための手段、新しい暮らしのための材料でしかなかった。違う？」

「ち、違うエリヤ。わたしは――！」

「違わないよマギウス。あなたは都合よく『神のさじ加減』を手に入れた自分の幸運に恋しただけだ。おれが――……おれが、あなたじゃなく、『あなたのそばの居場所』に恋をしたのと同じように」

それは、嘘だった。

だけど同時に、本当のことでもあった。

保護者を失い、追い出されるも同然に国を出て、路頭に迷っていたエリヤにとって、「アップルブロッサム」という居場所は、恋人同然に魅力的なものだった。「神のさじ加減」という思ってもみなかった自分の才能を発揮でき、それを認めてもらえる場所。恩師がいて、友だち夫婦がいて、体を重ねて愛してくれる人もいる、ある日いきなり追い出されたりしない家。そこへの愛着と想いを、マギウスというひとりの男への恋心とないまぜにしていなかったとは、言えない。

「冷静になろうよ、マギウス。よく考えてみたら、おれたちは一度だって、心から愛し合ったことなんかなかったんじゃないかな――？」

「エリヤ！」

「マギウス」

エリヤは告げた。

「おれとは、もう終わりにしてください……」

その声が途切れるや否や、だった。

マギウスのまとう空気が変わった。ひゅ、と息を詰める音がした瞬間、何かが鋭い刃物でばっさりと斬り落とされるように、彼の顔から理性が消えた。

「マギ……」

あっ、とエリヤは息を止める。

体に手をかけられた。まるで荷物のように床を引きずられて連れ込まれたのは、厨房の奥だ。がたん、と大きな音がしたのは、そのままハーブ瓶の棚に押しつけられたからだ。凍りついたようなマギウスの顔が眼前に迫り、ぶつけるようなキスを浴びせられる。

「ン――！」

噛みつくように口づけられながら、わかった。ここで犯されるのだと。

傷つけられたマギウスの、痛みと怒りを、この場所でぶつけられるのだと——。

「……ッ、い、嫌だッ」

死にもの狂いで暴れた。抱かれるための準備など何もしていなかったし、何よりマギウスが不在の期間のうちに、受け入れる場所はすっかり処女のように頑なになってしまっている。こんな体で抱かれたら、ただ苦しい痛いだけではすまない。

「離してマギウス、嫌だ、嫌だ……！」

暴れて、暴れて抵抗した。その間に、貴重なハーブの瓶が幾つも落ちて割れた。どうにか一瞬、男の腕が緩んだ隙に、棚を這い上がるように立ち上がる。

だが男に背を向けたのは間違いだった。まるで犯してくれと言わんばかりに尻を差し出す姿勢になってしまったからだ。マギウスがそれを逃すはずもない。

「あ、っ」

たちまち、下肢から衣服を剝かれた。

エプロンを着けたまま、下半身を丸裸にされる。シャツの下にも手を入れられ、まさぐる手つきで乳首を探し当てられた。

「あ、ああっ……！」

色めいた悲鳴をあげたのは、性器を乱暴にしごかれたからだ。まるで乳でも絞り出すような手つきでいじられて、掌を濡らすほどの量の粘液を絞り出される。

「やめて、やめてマギ……！」

その粘液を後ろに塗り込められて、くちゅり、と音を立てられる。

「あ、ああッ……！」

後ろをほぐそうとする指と、胸をいじる手の巧みさに、たちまち乳首がつんと尖る。その硬く凝(ここ)った部分を、まるで思い知らされるように摘まれ、押し潰された。

つきっ、と走る、鋭く小さな痛み。

押し入ってきた指先に、内臓をいじられる感触——。

膝が震える。力が抜ける——！

「ひ……ぅ……」

もう立っていられない、と思った時、うなじのすぐ後ろから声がした。

「孕(はら)ませてやろうか」

低い、地の底から響くような声。

「な、何を、マギウス……！」

「お前のこの腹に、わたしの子を宿してやろうかと言っているんだ」

——何を言っているんだ？

エリヤはこの時本気で、マギウスの狂気を疑った。精一杯の角度で振り向き、その目の色を窺う。

「そ、んな、こと、できるわけが……！」

「できるさ」

くくっ、と笑う声。

「一族の能力を全開にすれば、簡単に叶う」

ひ——と、喉が引きつった。

エリヤはまだ、一族の能力すべてを知り尽くしているわけではない。いともたやすく人間以外のものに変化できる彼らだ。能力に瑕瑾（かきん）のない状態であれば、男を孕ませるなど、造作もないことかもしれない。

もしかすると……今のマギウスにならば……。

そう疑いつつ、目の端にマギウスの瞳を映した瞬間、ぞくん、と全身の肌が粟立った。

そこにあったのは——人間の目ではなかった。

「い……やだ、マギ、ウ……ス……！」

怯えるエリヤの耳に、男の吐息が触れる。

「嫌がっても無駄だ、エリヤ。お前はもう逃げられない。この愛らしく窪（くぼ）んだ、憎い腹の中に……」

「ひ……！」

「深く深く打ち込んで……わたしの分身を、へばりつかせてやろう」

「やだ、あ……！」

「そうすれば、お前は嫌でもわたしのそばにいてくれる……どんなにわたしのことを信じてくれなくても、どんなにわたしから逃げたくなっても――……！」

男が後ろで、素早く股間をくつろげる音がした。熱く湿った先端をほころび始めた孔の中心に突きつけられた瞬間、エリヤはいっぱいに目を見開く。

めりり……と、食い込まされる痛み。

肉を割られる感触――。

「ひ、ぃっ……！」

苦痛を堪えるために両手で棚に摑まる。その拍子に、瓶がいくつも割れて落ちた。

「あっ……！　マギウス、痛い、痛いよ……！」

許して、と泣きながら懇願する。空でもがくその手を、男の手が捕らえた。

「駄目だ、許さない」

低い、怒りに満ちた声。

「よくもわたしを捨てようとしたな！　わたしの想いを……疑って、否定したな！」

無理矢理に突き上げられ、しっかりと奥まで犯される。

内臓が押し上げられる。そのあまりの鮮明な感覚に、悲鳴すらあげられない。

「……めて…………！」

くるしい……と、唾液の垂れる口で訴えても、マギウスはやめてくれない。「まだ奥がある」と呟き、エリヤの腰骨を摑んで力任せに引き下ろす。

腹の底を、突き上げられる。

「あああ……っ」

「さあ、エリヤ、これからどうしてやろうか。お前が憎くて憎くてたまらない。憎くて憎くて――どんなに苦しめても、辱めても、まだ足りる気がしない」

「マ……ギ……」

マギウスが腰を引く。ずるる、と抜き出される感触に背筋が凍る。次の瞬間、また奥まで突き上げられる。火のようなものが脳髄を焼いて駆け上る。

それを繰り返される。幾度も、幾度も。

「あ、あ、マギウス……マギウス……」

うわごとのように繰り返される声に、止めようもなく甘さが混ざり始める。まるで繋がっている部分から流れ込んでくるかのように、マギウスの怒りと狂気がエリヤに伝わってくる。

離れることなど許さない。離れられるぐらいなら、いっそこの場で抱き潰して、息の根を止めてやる。この腕の中にしっかりと捕らえた体が、端から端まで、憎くて、憎らしくてたまらない――……。

ふっ、と気が遠くなった。闇に落ちていくような感覚がある。

「マギウス……」

愛しいその名と共に、涙が流れ出た。憎くてたまらない、と喚きながら自分を貪る男の動きだけが鮮明だ。

粘ついたものが滑らかに動く音。肌と肌が互いにぶつかる音。淫靡に籠もった吐息。悲鳴、嬌声、啜り泣きの声――。

胸をいじめられる。性器の先端に爪を立てられ、こじり回される。感じているのか、苦しんでいるのかもわからない。その絶頂で、不意にその変化は起こった。

「……っ？」

エリヤの腰を後ろから割っているものの感触が変わった。中に納まったまま、明らかに形が変化した。そして尻と背に触れる男の体の感触も、劇的に変化した。

「あ……な、なに、これ……」

青息吐息で、やっと後ろを振り向く。そこにいたのは、漆黒の毛並みを持つ、巨大な獣だ。獣が、自分を犯している……。

「あ……マ、ギウス……」

おそらくこれが、彼の言う「一族の能力を全開」した状態なのだろう。この状態で、エリヤの中に放てば、もしかすると、彼の言うように――……。

「あ……！　ああ、あ、ああ……！」

背後に、毛皮が当たる感触。

激しさを増すばかりの、獣の動き。

「マギウス、マギウス……マギウス――っ！」

悲鳴をあげながら、エリヤは下腹の中で、炸裂(さくれつ)する熱を感じ取った。

◇　◇

生まれて初めて袖を通す絹の服は、まるで恋人に抱きしめられるような、やさしく柔らかい肌触りだった。

開店時間前の「アップルブロッサム」には、どこからか壁半分を埋めるほどの鏡が持ち込まれている。その前に立って、エリヤは儀式用の衣装を試着していた。

「ほう」

シンクレアが少し身を退き、感嘆の声を漏らす。

「ちょうどよいですな……！　これならば丈の直しも必要なさそうだ」

それはまあ、サイズはちょうどだけれど……とエリヤは思った。忠実な執事が持参した衣装は、絹地にふんだんに金糸やレースがあしらわれ、庶民育ちの身には派手が過ぎる代物だ。

「……文化祭前の演劇部員みたいだな」

鏡の前でくるりと回りながらため息をつく。すると、

「エンゲキブインとは何ですかな？」

日本語での呟きを思いがけず拾われて、エリヤは「ああ、いや」と焦って誤魔化した。

「こんな立派な衣服、ちょっとおれには贅沢すぎるかなぁって」

「お気になさいますな。こう申しては何ですが、これは以前とある儀式で総領家の方が召されたもので、いわばお古でございますし」

新たに誂えたものではないのだから、経済的な負担は気にしなくていい、ということらしい。そういうことならまあ、レンタル衣装だと思って、ありがたく着させてもらおう。

どのみち新総領就任式に着ていける服など、エリヤは持ち合わせがない。ここはアーサーの配慮に素直に感謝しておくべきだ。

「わざわざ持ってきてくださって、ありがとうございます、シンクレアさん」

「いいえ。これがわたくしの勤めでございますし」

老執事は、首を振りつつひっそりと笑う。

「それに……エリヤさまには、式の前にぜひとも御礼を申し上げておかなくては、と思っていたところでしたので」

「御礼？」

「はい」

シンクレアは姿勢を正した。

「エリヤさま。このたびのマギウスさまの総領位継承に関してお骨折りいただき、まことにありがとうございます。『一族』の皆に成り代わりまして、御礼申し上げます」

白髪に覆われた頭が、きっちりと下げられる。

エリヤは反応に困って固まった。この老執事氏は、おそらくだがマギウスとエリヤが普通の関係ではなかったことを察している。今回、マギウスが新総領となることに決定した経緯の陰に、ふたりの別離があったことも、当然知っているのだ。

つまり、彼はこう言っているのだ。「一族のためにマギウスと別れてくれてありがとう」と——……。

「ふん、くだらないね」

不意に放たれた声は、無論エリヤのものではない。

今日も今日とて、店舗の一角を陣取っているカヤだ。

「みんなして、一族の将来だ総領のお家大事だって、当のマギウスさまの意志を無視して地位を押しつけてさ……。人の不幸の上に自分らの安泰を築こうなんて、浅ましいと思わないのかい、まったく」

「……カヤさん」

「あんたもだよ、エリヤ。結局マギウスさまを怒らせて、お互いに傷つけ合って喧嘩別れしちまって――本当にこれでよかったのかい？　あんたがどう感じていたか知らないが、マギウスさまは、あの方は、心からあんたを――……！」

「いいんだ、カヤさん」

エリヤは手を振って老婆の言葉を遮った。

「おれはあの人が好きだった。あの人もおれのことを好ましく思ってくれていた。でもあの人の『好き』は、おれが本当に欲しいものとは、少しだけ違ったんだ」

あなたはおれを愛してなんかいない。嫌なことから逃げる口実として利用しているだけだ、と指摘した瞬間の、マギウスの傷ついた表情を思い出す。あれは、図星を突かれた顔だった。

彼はきっと、自分では精一杯恋人に愛情を傾けているつもりだったのだろう。やさしくしてやって、いるつもりでもあったのだろう。その心配りを真っ向から否定されては、プライドに障るのは当たり前だ。

あの、嵐のように欲望をぶつけられた行為は——「孕ませてやろうか」と狂気すれすれの声で囁いてきたあとの行動は、自分を否定し、傷つけたエリヤへの復讐だった。自分が傷ついた分、エリヤを傷つけて、そして……気がすんだはずだ。

——その翌朝、エリヤが体の痛みと疼きにうなされながら目を覚ました時、マギウスの姿はすでにどこにもなかった。ベッドの枕元にメモが残され、そこに端整な文字で簡潔な文章が記されていた。

〈すまなかった〉

〈孕ませることができる、と言ったのは、嘘だ。安心してくれ〉

たった二行のそのメモを見た時、エリヤは悟った。終わったのだ——と。

ふたりの間の愛も、その破綻も、報復も。すべてが。

「エリヤ、あんた……」

「おれは幸せを捨てたとは思ってないよ。ただ、おれとマギウスは、連れ合いとして幸せになるには、何て言うか……ちょっとだけ、お互いのさじ加減が違ってしまったんだ」

哀れな者へのお情けで、愛を施していたマギウスと、最初はそれに歓喜し、だがしかし、いつしかそれに満足できなくなっていたエリヤ。

捨てた、捨てられた、というのではない。高い地位に就く恋人を慮って、身を退いたのでもない。ただ、終わるべきものが終わっただけだ——と、エリヤはカヤに告げた。

「あんたって子は……」

カヤが老いて皺に埋もれた目に涙を滲ませる。うっ、うっ、と嗚咽されて、エリヤは困惑し、ただその背を撫でることしかできなかった。

背後で、シンクレアもまた、ひっそりと涙ぐんでいた。


陰鬱な総領家の城も、この日ばかりは多くの人出に恵まれ、晴れやかな装いを凝らしている。

どうやら儀式それ自体は屋外で行われるらしく、城の前庭には演劇の舞台のように席がしつらえられ、天幕までもが張られていた。中央正面、もっとも高い場所に玉座よろしく据えられているのが、新総領の席だろう。

「エリヤさん！」

シンクレアに付き添われ、差し回しの馬車に乗って到着したばかりのエリヤに向かって、人ごみの中から手を振ってくれたのは、いつもながら童話の王子様めいて美しいアーサーだ。

「アーサーさん……」

「よく来てくれたね、ああ、衣装も思った通り、よく似合ってる！」

「アーサーさんの前じゃ見劣りするばっかりで恥ずかしいですよ」

「何言ってるの、一族に百数十年ぶりに現れた『神のさじ加減』にして、新総領マギウス五世誕生の最大の功労者が！」

　きゃっきゃ、と擬音がつきそうな調子で、アーサーはエリヤの手を握ったままはしゃいだ。そしてその場で「そろそろ互いに敬称なしで呼び合わない？」という話がまとまり、エリヤは多少の戸惑いも残しつつ、「アーサー」と呼びかけた。

「アーサー、その、マギウスは今どこに……？」

「仕度中だと思うけれど……会いに行ってみる？」

「う……いや、やっぱりいい」

　エリヤは首を左右に振った。マギウスとは、あの手ひどく犯された夜以来、ずっと会っていない。今日、対面する機会がなければ、おそらく総領となった彼とはもう、そう気軽には会えないだろう。けじめとして、最後の挨拶(あいさつ)くらいはしておくべきではないか——と思ったのだが、エリヤの顔を見たマギウスがどんな反応をするか、と思うと、やはり足が竦む。

　メモには「すまなかった」と書かれてはいたが、マギウスは、おそらくまだエリヤを恨んでいるだろう。怒ってもいるだろう。

（それは仕方がない……だって、一方的に別れを告げたおれが、何もかも悪かったんだから……）

　マギウスにしてみれば、エリヤの裏切りは、愛情を傾けていた飼い犬に手を噛まれたようなものだったろう。路頭に迷っていたところを拾ってやり、衣食住の面倒を見て、ベッドでは情けまでかけてやったのに、最後の最後で背後から撃たれた。のこのこ最後の挨拶に現れたところで、どのツラ下げて、と思われるだけだ。

「だって、これだけの式典だ。身支度だの何だのでてんやわんやだろう？　迷惑をかけたくないから——」

「何言ってるんだよエリヤ。あなたはもう総領家にとって大切な恩人だよ？　遠慮する必要なんかないって、さあ！」

何も知らないアーサーが、無邪気な好意でエリヤの手を引く。どうしよう……と困惑していたその時、重厚な城の扉が、数人の人間の手で、ゆっくりと開けられた。

ざわっ……！　と、人々の間に緊張が走る。

そして、優雅な足取りで歩み出てきたのは——。

（マギウス……！）

できるだけ目立たないよう、小さく体を縮ませていたエリヤは、その瞬間、思わず叫び声をあげそうになった。

全身に白い毛皮をあしらった衣装のマギウスが、あまりにも美々しく、立派で、全世界の王のように堂々としていたからだ。

白い装束に、黒い髪と、黒い瞳が映える。

あまりに立派な、あまりに美々しい姿に、エリヤは叫び出してしまわないよう、自分の口を押さえなくてはならなかった。出会った瞬間から格好いい人だと思っていたが、装束を整えた姿が、これほどとは——……。

人々がわっと彼に集い、たちまち人垣ができる。それがエリヤとマギウスの間の障壁になった。

「あれ、困ったな。これじゃ兄さんに近づけないや」

アーサーは困惑したが、エリヤは逆に安堵した。

——これで、マギウスに直接会わずにすむ……。

これでよかったんだ。ここからこっそりと、姿を見るだけで充分だ。そう思うと、エリヤの胸にじんわりと悲しさまじりの嬉しさが広がった。最後にひと目、晴れ姿を見たい一心で恥を忍んでやってきた。その想いが叶った。よかった、本当によかった——……。

その時だった。エリヤは不意に、左右の腕を同時に、別々の人物に掴まれた。ふたりは共に一族の正装である黒いローブを頭からかぶり、エリヤの左右の腕をがっしりと絡め取っている。

「え、っ……!」

ふたりの人物が、エリヤを無理矢理連行するかのように小走りに走り出す。走り出しながら、右側の人物が怒鳴った。

「どけどけ！　『神のさじ加減』さまのご来臨だ！」

その若い声には、聞き覚えがあった。左側の人物のローブからは、真っ赤な長い髪が零れている。

「ス、スコット、ヘザー！　何すん……」

「何すんだじゃないわよ！」

「マギウスさまに会いに来たんだろうが！　今さら何うじうじしてんだよ、そらっ」

ふたりの鬼気迫る勢いと、「神のさじ加減」のひと言に、人垣が左右に退く。

その狭間（はざま）に投げ込まれるように、エリヤは若夫婦の手によって、マギウスの真ん前に放り出された。

慣れない衣装の裾を自分で踏んでつんのめり、無様にばたり、と倒れ伏す。

「……っ」

倒れて打った肘の痛みに耐えつつ身を起こす。その腕を摑み、引き起こそうとする手がある。

――マギウスだった。

「あ……」

エリヤが顔を上げた、その目の前にマギウスの瞳がある。

息が止まった。

心臓も動くのを止めた気がする。

（マ、マギウス……！）

ふたりは無言のまま、互いの目の奥を覗き込んだ。マギウスの黒い瞳が放つ視線の強さに、エリヤはぶるりと震えた。漆黒の、しなやかな獣の体が放つ輝きと、それは同じ色合いだったからだ。

——あの夜。

裏切られた怒りをぶつけるように、マギウスはエリヤを犯した。もともと、ベッドの中では意外に独占欲が激しいところをほの見せる傾向はあったけれども、あの夜は完全に理性が飛び、狂えるオスの本能のみになっていた。体を繋げられたエリヤには、それがありありと伝わってきた——……。

マギウスが、エリヤの腕を引いて立たせる。

周囲の人々も、ふたりの間の異様な空気を感じたのだろうか。期せずして、シン……と鎮まり返って、この一対を注視している。

「あ、あの、マギウス、おれ……」

どうしてもひと言、あなたに伝えたくて——と言い差した時、マギウスが動いた。

装束のひだを揺らし、いとも優雅に、エリヤの脇をすり抜けて。

「あ……」

ふわり、と薔薇の香りがエリヤの鼻をくすぐる。次の瞬間、マギウスが跪いた。

エリヤではない、別の人物の前で。

「——アデライド」

「マギウスさま……」

それは、初々しい果実を思わせるような妙齢の女性だった。それなりの身分であることを示すかのように、数人の侍女を連れている。

「ようこそおいでくださった。仰々しいばかりのつまらぬ儀式だが、あとで宴席も設けている。甘いもののひとつも召し上がっていかれるとよい」

片膝をついた姿で、女性の手を取り、その甲に、ちゅっ、と唇を落とす。

——ああ、あれが許嫁と噂の……。

——まあ、総領さまが独身のままでは、何かと不都合ゆえ、早々に正式決定されるであろうよ。

人々の噂がさざめく渦中に、エリヤはひとり立ち尽くした。

「エ、エリ……」

「しっ」

スコットとヘザーの若夫婦が、ひどく気まずげな様子で、その姿を見守っている。

(マギウス……)

エリヤは茫然と立ったまま、すべての音、すべての色彩を感じられなくなっていた。目は開いていたが、自分のつま先以外の、何も見ることができなかった。

——失ったのだ。

エリヤはようやく実感した。自分は、マギウスを——愛する人を失ったのだと。

(どうして……)

どうして、あの時、マギウスを本当には愛していないなどと思ったのだろう。

どうして、あの時、つまらない意地を張ってしまったのだろう。

マギウスを、心から愛していた。育ちのいい物腰も、世間知らずで少しズレたところも、ベッドで愛される時の仕草のひとつひとつ、体を貫かれる痛みまで、彼の何もかもを愛していた。

あの「アップルブロッサム」が居心地のいい我が家なのも、「神のさじ加減」として自尊心を得られたのも、みんなマギウスがそばにいてくれるからだったのに——……。

高らかなファンファーレが鳴り響き、人々が、それぞれの宛がわれた席につき始める。

「エリヤさま、どうかこちらへ」

茫然自失のエリヤを、痛ましげな表情を浮かべたシンクレアが、手を引くようにして来賓席へと案内していった。


——式典が進行していく。

エリヤは、左右をスコットとヘザーに挟まれるようにして座っていた。

おそらく、気遣ってくれているのだろう。若い夫婦はどちらもエリヤの手を握ってくれていた。赤毛の妻のほうは、「気分が悪くなったら言ってね。一緒に退席してあげるから」と小声で囁きかけてもくれた。エリヤはそれに頷き、「ありがとう」と返すのがやっとだった。

みっともない、と思いつつ、エリヤの視線はどうしても、壇上の貴賓席で優美な姿を披露しているアデライドという女性のほうへ吸われてしまう。

幼い頃から、マギウスを慕ってきた女性だという。

晴れて許嫁、そして妻となれば、その辛抱強く健気な想いがようやく叶うというわけだ。その微笑ましい恋物語は、おそらく今後、長く一族の間で語り継がれるだろう。

――羨ましい、妬ましい。そして憎い。

八つ当たりだ、と思いつつ、エリヤは何も知らない幸福な女性への黒い感情に胸を焦がしてしまう。だって、マギウスの妻になれば、彼のやさしさに触れられる。彼の腕に抱かれれば、その激しさにも。

以前は、エリヤのものだったそれを、もうじき彼女は、すべて手にすることができるのだから――。

「は、っ……」

自嘲が漏れた。全部、自業自得だ。今さら何を言っているのだ。もう、取り戻すことなんかできやしない。苦しすぎて、もう涙も出ない。こんな苦しみが、この先一生続くのだろうか。一族の、この人たちと関わり続ける限り、マギウスが自分ではない人と連れ添うさまを垣間見なくてはならないのだろうか。

エリヤは喘いだ。嫌だ、そんなのは、とても耐えられない。それくらいなら、いっそ――……。

かん高い悲鳴があがったのは、その時だ。

「マギウスさまぁっ！」

それを目にした瞬間、エリヤは、マギウスが墨汁を浴びたのかと思った。

白一色の装束。

それが漆黒のもので斑に染まっているのだ。そしてその黒いものは、まるで鎖をかけるように、壇上とマギウスの体を繋ぎ、拘束している……！

「あれは！」

エリヤにはわかった。左右にいるスコットとヘザーにもわかっただろう。あれは――魔物の残滓だ。いつだったか、「アップルブロッサム」を襲ったものと、同じ――！

キャーッ、と悲鳴が空気をつんざく。壇上にいたアデライド嬢が、蒼白な顔色で立ち上がり、そのまま背後に倒れ込もうとする寸前、従者たちに抱き止められるのが見えた。

「マギウス！」

エリヤは席を立つ。だがパニックに陥った来賓たちに邪魔されて、舞台に近づくことができない。

混乱を極める壇上で、もっとも素早く、もっとも勇敢に動いたのはアーサーだ。彼は躊躇(ちゅうちょ)もなく席を蹴ると、腰間(ようかん)の儀式用の剣を抜き放ち、怪物に絡みつかれる兄に肉迫した。

だが――。

不意に、ぱあん、と音がした。まるで風船が破裂するような音だ。もうもうと立ち昇った白煙が鎮まると、その中央にいたのは、たった今まで黒い怪物に絡みつかれていたマギウスだ。

その堂々たる姿には、傷ひとつない――。

「……愚か者めが」

低い、地から湧き上がるような声。

その声に、まるで時が止まったかのように、混乱がぴたりと治まる。

「能力(ちから)をすべて取り戻したこのマギウスを害するのに、この程度の魔物ひとつで用が足りるとでも思ったか」

その指が、まるで神の審判のように、あるひとりの男を指し示す。

「サパス」

壇上で総領家一門の席に並んでいた男が、びくん、と体を震わせた。

「サパス？」

兄の指先を追うように、アーサーが従兄を振り返る。

「この魔物を持ち込んだのは……あなたなの？」

「ち、違う、違う！」

男が叫ぶ。エリヤはまじまじと顔を見るのは初めてだが、お世辞にも美々しいとも凜々しいとも言えない顔つきの、凡庸そうな男だ。

「外界から車だのバイクだのを持ち込んでいる貴様なら、それに隠して『門』の結界を突破するなど容易だろう。もともと残滓は、一族の者ですら存在を察知するのが難しい代物だからな」

「だっ、黙れ！　俺はそんなことはしていない。何を証拠に、そんな！」

「証拠？」

ふふっ、とマギウスが笑う。

「証拠なら、ここにある。申し開きのしようがない、確かな証拠がな」

そしてマギウスは、壇上からこちらを見据えてきた。

「エリヤ！」

凜とした、真っ直ぐな声。

それがエリヤを呼ぶ。

「エリヤ、来い。お前の『神のさじ加減』の力を貸してくれ！」

その場にいる者たち全員の視線が、ただひとりのエリヤに注がれた。

「……あれが……」

「百年ぶりに現れた、『神のさじ加減』さま？」

　ざわざわ、とその場の空気が波立つ。

「あ、あの……マギウス、おれ」

「さあ、早く！」

「はいっ」

　有無を言わせない声に導かれ、エリヤは転び蹴つまずきそうになりながら、壇上に登った。

　マギウスと相対する。

　彼の黒い瞳に、真っ直ぐに見つめられる――。

「さあ、エリヤ」

　何をさせられるのかと緊張していたエリヤにマギウスが手渡したのは、何と、「アップルブロッサム」で使われていた塩の小瓶だ。

「お前の能力で、残滓を持ち込み、わたしを害そうとした穢れた者が誰かを明らかにしてくれ」

「あ……」

　そうだった。自分にはハーブや塩、その他の飲食物に宿る力を増幅させる能力があるのだった――。

　エリヤは迷わなかった。塩瓶の蓋をひねり開けながら、サパスの前に向かう。

怯えて固まっている男の手を取る。

そして瓶の中身を、男の手に振りかけた。

「ぎ……ぎゃあああ！」

まるで硫酸でも振りかけたかのようだった。サパスはしゅうしゅうと音を立てる両手を抱えて、その場で転げ回る。

体に残滓の穢れが残っていた証拠だ。言い逃れなどできるはずもない。

たちまち、サパスは左右から拘束され、壇上から引きずり降ろされた。申し開きのしようのない暗殺未遂犯だ。扱いは乱暴なものだったが、誰も同情しようとしない。

「——アーサー！」

マギウスが雄々しい声で弟を呼ぶ。アーサーは反射的と言っていい素早さで、「はいっ」と背筋を伸ばした。

そんな弟に向かって、マギウスが宣言する。

「アーサー、本日只今（ただいま）をもって、わたしは一族総領家当主の地位をお前に譲る」

「え……ええっ？」

ザワッ……！　とその場の空気が騒ぐ。何だって……？　今、マギウスさまは、何とおっしゃられた……？

「サパスが逮捕された今、お前が総領の地位に就くのに、もう憂いはあるまい」

「そ、そんな、マギウス！」

「総領になれ、アーサー。これは現総領としての命令だ」

「は……」

その場の誰も、マギウスに逆らえない。おそらくそれだけ、現在総領の地位にある者の命令は絶対なのだろう。誰も彼もが、茫然としたままマギウスの姿を仰ぎ見ている。

「エリヤ」

マギウスの手が伸びる。腕を摑まれ、まるで連行されるように引き寄せられる。

「来い」

「え……ちょ、マギウス、どこへ……！」

マギウスは、怖いくらいの無表情だ。何が何だかわからないまま、エリヤは彼に付き従った。ふたりが壇から降りる寸前、縋るような目のアデライド嬢とその従者たちの前を通りかかったが、マギウスは彼女を一顧だにしない。

——えっ……。

皆が息を呑みながら、目でマギウスと、それに連行されるエリヤを追っている。どういうことだ。どういうことだ……とざわめきながら。

地面に敷かれた赤絨毯(じゅうたん)の上を傍若無人にのし歩くその足は、たちまち混乱の治まらない式典会場を離れ、暗く陰鬱な城内へと向かう。重厚な扉が開き、それが背後で閉ざされると同時に、人々の喧騒と外光が遮断され、ひやりと冷たい石壁の内側の空気が、ふたりを押し包んだ。

「マギウス、マギウス待って！」

エリヤが、足を止めようとしないマギウスにブレーキをかける。

「ど、どこへ行くつもりなのあなたは！　それにアーサーさんに総領の地位を譲るって、どういうこと！」

「エリヤ」

マギウスの目が、ぎろりとエリヤを凝視する。華麗な装束もあいまって、その威力は絶大だ。

「わたしが、あのままあっさりとお前を諦めるとでも思っていたのか？」

「え、っ……」

「わたしはもう、覚悟を決めた。だからお前にもそうしてもらう。これから、一族に代々伝わる契りの儀式を……」

「待て、マギウス！」

そんなふたりに、ばたばたと追いすがってきた足音が三つある。

振り返ると、そこにいたのは、共に儀式用の正装に身を包んだグレンショーとアーサーだ。アーサーの背後には、シンクレアも付き従っている。

「待たぬか！　あ、あれは何だ！　就任即日辞任とは、いったい何のつもりだマギウス！」

「叔父上」

「前代未聞だ！　総領家の男子でありながら、あんな身勝手を通して、一族の者たちを混乱させおって！」

石造りの室内に、グレンショーの声はわんわんと反響した。そんな叔父に、マギウスは冷ややかな声で相対する。

「叔父上、あなたや一族の主立つ者たちと取り交わした誓約はすべて守った。わたしは総領の地位に就き、奸悪なサパスめの罪を暴き、彼奴めを取り除いた。責務を果たし、立派な後継者に地位を譲った。わたしはもう、自由の身だ」

「き、貴様……最初からこうするつもりだったのか！　わしや、総領家の者たちをすべて出し抜いて！」

「ええ、そうです。一度総領の地位に就けば、辞任と後継者の指名は、自らの権限でできる。そしてひとたび地位を辞した総領が再任した例はない」

「な……」

「もともと、庶子のわたしに継承権がないことは、一族の誰もが知っていること。サパスの件さえなければ、最初からすんなり嫡子のアーサーが就任していたはずだ。筋さえ通せば、納得しない者がいるとは思えない」

「そんな、マギウス……！」

次に身を乗り出してきたのは、そのアーサーだ。ひどく混乱した顔つきで、しっかりと兄の腕を摑んでいる。無理もない。たった今まで、この兄を新総領として立て、自分はそれに仕える身となるものだと信じていたのだから。

「すまない、アーサー」

一転、マギウスの目がやさしくなる。

「なんで、どうして……！　あなたまさか、自分が庶子だからって、ぼくに遠慮してこんな……！」

「違うんだ、アーサー」

マギウスが首を左右に振る。

「わたしは、お前が考えているほど、庶子の身の上を気に病んでいるのではない。そうではなく、わたしがお前に総領の地位を譲ったのは――」

その黒い双眸が、不意にエリヤを見つめた。

「このエリヤを愛しているからだ」

アーサー、グレンショー、そしてエリヤの三人が、言葉を失った。アーサーはその美しい青の瞳を見開き、グレンショーは老いた口元を開け閉めし、エリヤは……。

エリヤは、目が覚めるように鮮烈な薔薇の香りに包まれた。それはマギウスと出会って以来感じ取れるようになった、愛する人の香りであり、エリヤにとっては愛しい人から愛される瞬間の、突き抜けるような悦びの香りだった。

「アーサー、お前の想いを無にしてしまうのがつらくて、今まで言えなかった——すまない」

突然兄の告白(カミングアウト)に直面したアーサーは、青い目を瞠ったまま、マギウスとエリヤの顔に交互に視線を向けてくる。驚きに、声も出ないという顔だ。

「マ、マ、マギウスお前……こ、こやつとそのような関係だったのか！ 何と、何という……！」

狼狽(うろた)えながらも怒鳴り声を発するグレンショーを、マギウスは黒い瞳で睨む。

「叔父上、このわたしの連れ合いに、ひと言でも冷血な言葉を投げるならば、金輪際ご容赦はいたしかねます。心されよ」

ぎろり、と音がするようなそのひと睨みに、グレンショーはそれ以上の罵声を放てなくなった。その表情が、目の前にいるこの男は何者だ、と戸惑いの声をあげている。

——この男は何者だ。これほどの威厳と気迫を持つ男など、知らぬ。たった今まで、この男は、小(こ)童(わっぱ)同然の甥であったのに……！

「兄上……」

アーサーが息を呑む気配が伝わってきた。

「それが、兄上のお選びになった生き方なのですか」

「ああ」

「総領になれば、誰からも重んじられるのに？　相応しい礼遇を受け、もう誰からも『半人（ハーフ）』などと罵られずにすむのに……？」

痛ましい哀惜を乗せた声だった。アーサーが彼なりの愛情で、不当に冷遇されてきた半血の兄を思い遣（や）ってきたことが、痛いほどに伝わってくる。立派で堂々たる器量を持つ兄に、その能力に相応しい高い地位に就き、人々から敬意を払われる身になって欲しい、と熱望していたことも。

「アーサー、すまない」

マギウスの腕が、エリヤの体をさらに強く抱き直す。

「一族やお前を見捨てて逃げるつもりは毛頭ない。お前の兄として、総領家の血を受けた人間として、これからも一族の者たちの助けになるつもりだ。総領にならずとも、皆のためにできることはいくらでもある」

「マギウス、そんなことはどうだっていい。あなたが総領の責務をつらいと言うのなら、ぼくが補佐役としてそれを背負えばいいだけのことだ。その人のことだって、総領の内妾（ないしょう）として、それなりに礼遇することだってできる。ただぼくは、あなたに、その力量に相応しい地位を——……！」

「アーサー」

マギウスはやさしげな声で、だが断固として弟の言葉を遮る。

「お前は間違っている。たとえどのような地位にある者でも、愛は、何かの次にしていいものではないんだ。人にとって愛とは血肉だ。それを捨てることは、人であることを捨てるに等しいことだ。わたしがこんなことをしでかしたのは、そうしなければ、エリヤの愛を取り戻すことはできなかったからだ。総領の地位よりも、一族皆の期待よりも、お前が大切なのだと信じてもらうために、すべてを捨てて見せなければならなかった。アーサー……どうか許してくれ」

アーサーは絶句している。

今この瞬間、彼にも初めて理解できたのかもしれない。自分は余計なことをしていたのだと。マギウスのためにと思ってしていたことは、マギウスにとって、少しもためにならないことだったのだと。

自分たちはもうとうに、子どもの頃のような、一心同体の兄弟ではなかったのだと――。

「……アーサー」

見かねたエリヤが、マギウスに腕を取られたまま、一歩前に進み出る。

「ごめん、なさい」

「エリヤ……」

「おれも言えなかった。あなたが、本当に心からマギ……お兄さんの幸せを願っていることが、わかったから」

「エリヤ、じゃあ、あなた、ぼくのお願いのためにマギウスと別れようとしていたのっ？」

アーサーが、「何てこと……」と額を押さえる。

「ぼく……ぼくは、何てひどいことを……！」

「ち、違う、それは違う！　マギウスに総領になって欲しいって思ったのは、おれ自身の意思だから！」

顔色が蒼白になっているアーサーに、エリヤは慌てて駆け寄った。この症状だと、リンデンとオレンジピール……と、こんな時ですら『神のさじ加減』が発動してしまう。

「でも、ごめん……おれ、やっぱりマギウスが好きだ。さっき、アデライド嬢の手にキスをしているマギウスを見て、死にそうなほどそう思った。マギウスがおれ以外の人のものになるくらいなら、死んだほうがましだって」

「……っ」

「そしてマギウスも、まだおれのことを諦めずにいてくれた……そうだとわかったら、もう自分の心に嘘はつけない。おれはマギウスが好きだ。この人と幸せになりたい。どうか許してください。許してください……！」

エリヤの胸は激しく痛んだ。それは目の前のアーサーに向けられた心の痛みだった。この人を裏切ってしまった。この人を困らせてしまった。本当はそんなことはしたくなかった。だって今はもう、この人も、エリヤの大切な友人だったから。

アーサーが彷徨(さまよ)わせていた視線を持ち上げた。その目いっぱいに涙がたまっている。思わず見つめてしまったエリヤめがけて、その泣き顔が突進してきた。

「……っ」

どん、とぶつかるようにキスをされた。友人としての軽い挨拶のキスではない。マギウスにされたような、深く吸いつかれる、本格的な唇へのキスだ。

「アーサー!」

マギウスに怒鳴りつけられながら、アーサーは執拗にエリヤの口を吸い続けた。エリヤがそれを振りほどこうとする寸前まで、それは続いた。

ちゅぱっ、と音がして、アーサーが離れる。

「ふふっ」

金髪碧眼の美貌が、悪戯っぽく笑う。

「マギウスの恋人を略奪しちゃった」

「……っ!」

「腹いせだよ」

コロコロ、と鈴が転がるような笑い声が響く。

「いいよ、マギウス、勝手に幸せになりなよ。こんな素敵な人がいるのに、さっさと本当のことを言わずに泣かせちゃうなんて、あなたって本当は、優柔不断のひどい男だったんだねぇ」

呆れたよ、と告げつつ、アーサーはエリヤにべたべたと抱きついて見せる。

「もしまた今度泣かせたら、ぼくがこの人を奪ってやるからね」

「アーサー……」

「ぼくだって総領家の男だ。恋人に泣かされた人を、ベッドの上で慰めてあげることくらいできるさ。心しておくんだね、マギウス」

アーサーの手が、見せつけるようにエリヤの髪を撫でる。マギウスはその様子を見つつ双眸を眇め、「ああ」と頷いた。そしてエリヤの腕を摑み、乱暴に引き戻す。べりっ、と音がしそうな勢いで、エリヤはマギウスの胸の中に倒れ込んだ。

「くれぐれも忘れぬようにしておこう」

マギウスは笑顔だった。だが、その額のごく一部が、ぴくぴくと痙攣(けいれん)しているのを、エリヤは見逃さない。

——怒っている。

ぞ、と総毛立ったエリヤを連れて、マギウスが再び歩き始める。その背後から「あの部屋は、いつでも使えるように整えてありますから」と、アーサーの声が告げた。

「例の儀式をするんでしょう？」

「ああ」

「壊しちゃ駄目だよ？」

「……なるべく気をつける」

不安しかない返事を残しつつ、マギウスはエリヤを連れ去って行く。陰鬱な城内のやたらに長い廊下を、もどかしげな早足で歩きながら。

「マ、マギウスあの……儀式、って、何をする気なの？」

「婚姻の儀式だ」

マギウスはこともなげに答えた。

「わたしと、お前の」

マギウスに連れ込まれたその部屋は、総領家の館の、もっとも奥。幾度も幾度も厚い扉を開いてようやくたどり着く場所に、まるで隠されたように存在していた。

ギィィ……と音を立てて扉が開いた瞬間、ふわりと匂ったのは、予想していたような埃とカビの乾いた臭いではなく、まるで花園の中に立ち入ったような、瑞々しい薔薇の香りだった。マギウスの体から時折香ってくるものと同じなのは、おそらくこれが総領家の血を象徴する香りだからだろう。

「マギウス、あの、ここは……」

古めかしい壁紙。床には厚い絨毯。

中央には怖ろしく広く、そして目を射るような薔薇色の敷布で覆われた、天蓋つきのベッドが鎮座している。

――だが不思議なことに、家具はそれだけだ。衣装簞笥もサイドボードもなく、壁には鏡の一枚もない。本当に、ベッドだけ。まるで人がここでくつろぐことも、眠ることも想定していないかのような、奇妙な部屋。

エリヤはまるで天啓が降りたように閃いた。睡眠以外の用で、ベッドを使うことと言えば……。

(まさか――)

――抱かれるための部屋……？

心が騒いだ瞬間、不意に抱き上げられ、どさっ、とベッドの上に放り投げられる。

「わっ！」

ぶわりと広がる薔薇の香りが、エリヤを抱き止め、ぎし……と寝台が揺れる。

「マ、マ、マギウス……」

普段のマギウスなら、絶対にこんな乱暴なことはしない。やっぱりまだ怒っているのか——とおそるおそる目を開くと、そこにはさっさと装束を脱ぎ始めたマギウスの、雄々しさが匂うような体があった。

「この部屋はな、エリヤ」

ばさりと上着の袖から肩を抜きながら、マギウスが言う。

「総領家の者が、自らの伴侶に選んだ相手と『血の契り』を交わす時にのみ使われる寝室だ」

「え……？」

「『血の契り』は、婚姻という名の呪いだ。ひとたび交わせば、もう互いに離れることはできない。無理に引き離せば、発狂するか、衰弱して死に至る。総領家に古い血と共に代々伝わる呪縛の力だ」

ふ、と凄(すご)みのある微笑が、マギウスの口元から漏れた。上半身からすっかり衣服を脱ぎ払い、獲物を見定めた獣のように眇めた目で、ベッド上のエリヤを見つめている。

「わたしは、母方の血に従い、ごく普通の人間として生きて死ぬつもりだった。だからお前を、一族のこんな古いしきたりや、呪わしい力に巻き込むことは避けたかった——……もしもお前が、わたしのような化け物ではなく、普通の人間と連れ添う将来を望んだ時、何の後腐れもなく、すぐにしがらみから解放してやれるように」

「マギウス……」

エリヤはハッ、と息を呑んだ。そうか、おれを一族の領地に立ち入らせなかった理由は、これだったのか。マギウスは彼なりに、エリヤを古びた因習や束縛から守ろうとしていたのか……。

「だがやはり、駄目だ、エリヤ……わたしのこの体には、一族総領家の支配者の血が、思っていたよりも濃く流れていたらしい」

ぎっ……と古い寝台が軋む。マギウスが膝を乗り上げてきたのだ。エリヤは恋人が帯びる不穏な空気に息を呑み、思わず腰で後ずさる。

「覚悟してくれ、エリヤ」

「……マ、ギウス……？」

ぎし……と、ふたたびベッドが軋む。

「お前に突き放されたと知った瞬間、わたしは理性を失った。あの時――回復した能力に任せてお前を犯したあの時以来、わたしの頭にあるのは、どうすればお前を否応なく自分に束縛しておけるか。もう二度とわたしの愛を疑わせないでおけるか……お前への、狂うほどの独占欲ばかりだった」

「……」

思わず、ごくりと喉が鳴る。あの、無理矢理に襲い掛かられた夜に見た、漆黒の獣を思い出さずにいられない。あれはおそらく、一族の人々が本能を剝き出した姿だ。今、目の前にいるマギウスは紛れもなく人間の姿なのに、その目がすでに、獣のものになり始めている――。

「マ、マギウスちょっと待って！」

「駄目だ、もう止まれない、エリヤ」

素早く摑まれたのは足首だ。あっと思う間も与えられず引き寄せられ、体の下に組み敷かれた。

「これは、わたしを疑い、わたしを捨てようとした罰だ。やさしくなどしてやらない。泣き叫びながら、罪を悔いるがいい」

怖い――！

そう感じ、とっさに目を閉じたエリヤを襲ったのは、素早い、熱いキスだ。

「ン、ン……！」

鼻で啼く声。ちゅく、と鳴る水音は、唇と、指を入れられた下の蕾の、両方のものだ。

ねとり……と、舌の裏を舐め上げられる。頭の中がかすむ。

反射的に押し返そうとした腕からはあっという間に力が抜け、恐怖に突っ張っていた足は、シーツの上にだらりと伸びた。長い愛撫を終え、生々しい透明の糸を引きながらマギウスの唇が離れた時、エリヤは荒い呼吸を繰り返しながら、すっかり蕩かされ、力を失っていた。これから何をされるのかを知っている肉の蕾が、もうひくひくと疼き始めている。胸の尖りが痛い。

マギウスが両脚を持ち上げ、担ぎ上げる。突き当てられて、腰に力を込められて、そして。

「ひ、うっ……！」

挿入されて、すぐに息ができなくなった。

「あ……、う……っ……」

薔薇の褥（しとね）に埋められながら、エリヤは切れ切れに喘いだ。濃すぎる香りに息が詰まる。必死に酸素を求めても、深々とふたつに折り曲げられた体では、肺の奥まで空気を入れることができない。

「マギウス……マギウスっ」

少し緩めて、と懇願したつもりだったのに、抱き潰す気満々の恋人は、腕を解こうとしない。突き刺された姿のまま、ぎしぎしと揺さぶられる。

むせ返るような花の香りに、どちらのものともつかない汗の匂いが混じる。快楽地獄というものがあるなら、きっと今この場所がそうに違いない。

「エリヤ……」

繋がったまま貪欲に動いているマギウスの声も、もう切れ切れだ。精悍（せいかん）な顔が苦しげに歪み、吐息が浅く速くなっている。彼もまた、絶え間ない快楽に溺（おぼ）れ、翻弄されているのだろう。

頭の中も、体の中もぐちゃぐちゃだ。溶け合って混じり合い、もう、どこからどこまでが自分で、どこからが恋人なのかもわからない。もし今引き離されたら、裂けて血が噴き出て死ぬ。

きっとこれが、一族に伝わる呪縛の力だ。何か途轍もない力に背を押されるように、互いの中にの

め り込んでいく。自分が狂っていくのがわかるのに、どうしても止めることができない。

際限なく、互いを貪らずにいられない――……。

マギウスが、ふっ、と息を詰めた。「出すぞ」と掠れた声で告げられ、思わずエリヤも息を止める。

一瞬の間も置かず、ちりっと焦げるような感触が走った。

――熱い……!

「マギ、ウス……っ……」

体を痙攣させてそれを受け止めた。達したばかりで息の上がった彼が、また痛いほどに激しいキスを浴びせてくる。

「ン……」

ずるりと引き抜かれ、休む間も与えてもらえず、すぐうつ伏せにされる。口では「いや」と泣きながら、心臓が新たな期待に脈打ってしまう。

褥に胸を伏せた姿勢で、腰を持ち上げられる。尻肉を左右に開かれたが、もうそれを恥じるだけの正気も残っていない。

潤んだ粘膜の壺(つぼ)の中に、先端を捩じ込まれる。

「あ……うっ……!」

幾度犯されてもその都度味わわされる異物感を、枕を摑んで耐えた。

「んっ……んっ……んっ……」

戯れるように浅い場所を責められ、次に前立腺の裏をぞろぞろと嬲られた。背中をきつく押さえられているのは、身じろいで逃げるのを防ぐためだろう。だがそんなことをしなくても、もうエリヤはほとんど動けない。マギウスにされるがままを受け入れ、弱々しく啜り泣きを漏らすだけだ。

「あ……あ……」

焦らすように、交わりが少しずつ深くなる。孕ませてやろうか——と告げられたあの時、精を浴びせられた箇所に、マギウスはふたたび達しようとしていた。

「エリヤ」

耳のすぐ後ろの、声。

「——してもいいか？」

「……な、に……？」

「お前のすべてを、残らずわたしのものにしたい……いいか……？」

何を言われたのか、わからなかった。それでもエリヤは、無我夢中でこくこくと頷いた。マギウスにされるなら、それがどんなことでも構わない。呪われるのでも、いっそ本当に孕まされるのでも。

「……いくぞ」

熱く熟んだ声が告げる。

その瞬間、背に伸し掛かる感触が変わった。

「あ、あぁっ……！」

見なくてもわかる。肌に触れる感触、中で感じる形でわかる。

マギウスが黒豹になった。おそらく、すべての理性が吹き飛んだのだ。手の鉤爪が、決して逃がさないとばかりエリヤの肩と背に食い込んでいる。うなじのすぐ後ろに迫る牙の狭間からは、熱い涎と熱風のような吐息が漏れている。人間の骨格ではありえない素早く激しい突き上げが、エリヤの全身を歯の根も合わないほどに揺さぶる。がくがく、と顎が鳴るほどに。

「あ、あ、あうっ、あうっ、マギウス、マギウス……っ！」

獣に犯されてる……。いや、違う。獣にされているのだ。

だって、わかるのだ。体の中のすべての血が、人間のものではなくなっていくのが。すべての細胞が、人間以外のものに作り替えられていくのが。

マギウスの一部を分け与えられているかのように、今までの自分ではなくなっていくのが――。

「やだっ、マギウス、怖い、こわい……！　う、っ……！」

鉤爪がひとときわきつく突き立てられる。同時に、腹の中で、人のものの形ではない性器が、ごりっ、と音を立てた
その瞬間、吹っ飛ぶような快感が炸裂した。

「アーーーーーッ……！」

部屋中の、ありとあらゆる壁に反響する、悲鳴――。

マギウスが獣と化したように、自分の中でも何かが壊れたのだと、エリヤにはわかった。

ごく普通に生きてきた人間としての、何かが壊れ、そして……。

マギウスの伴侶としての自分に、生まれ変わったのだと。

「あ……あ……」

体の中から、巨大なものが引き出される。ごぼり、と音がして、中から熱い粘液が噴き出してきた。

体が跳ねたのは、その熱さに内腿(うちもも)を焼かれたせいだ。膝まで伝って垂れ落ちた痕が、火傷したように
はっきりとわかる。

うなじの後ろに、まだ獣の息遣いが聞こえる。その口から滑り出てきた舌が、エリヤの首筋や耳の
裏をしつこく舐めた。

――わかったか？ お前はもう、ひと欠片も残さずわたしのものだ……。

そう告げるような舌遣いを、エリヤは茫然としたまま受け入れている。

「マギウス……」

喉が嗄(か)れて、声が出ない。けれどもその嗄れた声で、エリヤは告げた。

「うれしい……」

たとえあなたが人間でなくても、こんなに愛されて、嬉しい。

するとその言葉に応じたように、背後の気配が、するっと変化した。毛皮の感触から、熱い人肌の感触へ。

「愛している、エリヤ」

鉤爪の生えた獣の脚から、人の二本の腕へ。

「わたしの、エリヤ……」

その腕に抱きすくめられ、エリヤは幸福の絶頂の中で、両目を閉じた。

◇ ◇

こぽこぽ、と湯の沸く音。

バターの蕩ける香り。

パセリにセージ、ローズマリーとタイム。

かちゃかちゃと食器の触れ合う音。

エプロン姿で、キャラウェイシード入りのスコーンを型抜きしつつ、エリヤはシャツの袖で額を拭う。

あと一時間ほどで、「アップルブロッサム」の開店だ。

「マギウス、テーブルに飾るハーブをもう少し摘んでおいてくれないかな？　レモンバームが、そろそろいい頃合いだから」

「ああ、わかった」

ずいぶんと慣れた手つきでテーブルを拭いていたマギウスが、仕事の手を一度止めて裏口から出ていく。

季節は巡り、長い冬を経て、今ふたたび、春から夏へ向かおうとしていた。「アップルブロッサム」は、早くも老舗（しにせ）の風格を備え始めている。少し髪の伸びたエリヤが調合するハーブティーを求めて、一族の人々が次々にやってくるからだ。

小さな子どもを連れてくる人は、たまの楽しみとして子どもにクッキーやケーキを食べさせる者もいる。そういうお客様用に、エリヤは最近、蜂蜜の量を増やした特別に甘い菓子を作り始めた。

（……幸せだな）

楽しくて、温かい、居心地のいい日々。

そして、蜜のように甘く、時には激しく愛され、恋人と熱を分かち合う夜――。

裏口から目をやると、ドアのガラス越しに、ハーブ園にいるマギウスの背が見えた。彼の店主ぶりも、だいぶ板についてきて、ギャルソンエプロンを着こなす腰回りが、以前よりも色気を増している。

胸がいっぱいになり、エリヤは手を洗って厨房を出る。少しだけ、少しの間だけ、小休止だ。

裏口のドアを開くと、ドアベルがちりちり鳴ると同時に、清冽な香りを含む空気に包まれる。それを胸いっぱい吸い込んで、エリヤは恋人を呼ぶ。

「マギウス」

恋人が、摘んだばかりのレモンバームを手に、立ち上がる。

「エリヤ」

エリヤはハーブの茂みの間を駆けて、マギウスに駆け寄った。

そして、小さなキスを。

「どうしたんだ？　もっとハーブが必要か？」

「ううん、ただ――」

――幸せだなぁ、と思って。

愛する店、愛する庭、愛する仕事、そして愛する人。

あの婚姻の儀式の日、この体に受けた一族の呪縛のせいだろうか。マギウスへの愛しさは日に日に募るばかりで、尽きるということがない。まるであの瞬間、ふたりの心のさじ加減が、ぴたりと同じになったように。

「マギウス、憶えてるかな。今日で、お店を再開してちょうど一年だよ」

「そうだったか？　うかつだったな。何の祝いの用意もしていない」

本気で悔やむような顔をするマギウスの腕に、エリヤは手を置いて告げる。

「別に、そんなのはいいよ。普通に店を開けて、普通に働いて過ごそう。それで店を閉めたら、普段よりちょっとだけいいものを食べよう。そのほうがおれたちらしいでしょう？」

そんなエリヤに、マギウスもまた手に手を重ねて、「そうだな」と返す。

一族の不思議な力によって結ばれたとはいえ、今のふたりは、ごく平凡なティー・ルームの経営者とその伴侶だ。特別なことは何もいらない。

そこへ突然、ばさり……と空を切る羽音がした。驚く間もなく、優美な鷲が、するりと人の姿に変化する。

「シンクレアさん！」

「マギウスさま、エリヤさま、お久しゅうございます」

きちんと礼を取りつつ、老執事が姿を現した。そして彼がハーブ園の石垣の木戸を開くと、そこからするりと、金色のキツネが入ってくる。

「アーサー！」

キツネは弾むような足取りでぽんぽんと地面を蹴り、ひときわ大きく跳ね上がった。その瞬間、空中で人の形に変わる。

「マギウス、エリヤ！　一周年おめでとう！」

エリヤとマギウスのふたりめがけて飛びついてきた金髪のアーサーは、相変わらず輝くような美貌だ。少し大人っぽくなったのは、一族総領の重責を担って、男性として成長を遂げたからだろうか。

「忙しいだろうに、わざわざそれを言いに？」

「半日だけ、時間を作ってきたんだ。だって、今日はお祝いをするんでしょう？」

無邪気な言葉に、エリヤはマギウスと顔を見合わせた。そんな予告は何もしていない。いったい、どこからそんな話になったのだろう。

「ああ、おふたりともご心配なく。祝いの準備は、皆ですることになっておりますので」

落ち着いた物腰のシンクレアが告げると同時に、わっと人の気配が増えた。ハーブ園の木戸、石垣の上、そして「アップルブロッサム」の裏口から、顔なじみの人々が口々に「おめでとう」「おめでとう」と告げながら、エリヤとマギウスの周囲に集まってくる。

スコットとヘザーの若夫婦、カヤ、店の常連客、そしてエリヤが菓子を振る舞ったことのある子どもたちが、「いつもありがとう」と唱えつつ、それぞれの手に小さな花束を持ち、ふたりに差し出した。

――ああ……。

エリヤはその可愛らしい祝福を受けつつ、胸がいっぱいになる。

（何だか、結婚式みたいだ……）

両手いっぱいの花、祝福してくれる友人たち。ふと見れば、傍らのマギウスは黒豹姿となり、その尻尾から胴体までをエリヤの腿にくるりと巻きつけ、ごしごしと頭を擦り寄せている。

——愛している、エリヤ。

全身でそう告げてくる恋人に応えるために、エリヤは身を屈める。

天には輝く太陽。地には豊かに茂るハーブ。

全世界からの祝福を受けて、エリヤは漆黒の恋人に口づけた。

あとがき

ＢＬ（ボーイズラブ）をこよなく愛する素晴らしき世界の皆さま。ごきげんよう。高原（たかはら）いちかです。

さて今回のお話は、高原いちか初の異世界トリップものとなりました。これまで宮廷陰謀ものだのマフィアものだの、物騒な世界観を主として書いてきた高原にしては、ハートフルな作品になったかと思います（まあでもやっぱり、権力争いと強引なエッチは描かずにいられませんでしたが……）。

苦労した点といえば、今までどちらかと言うとプライドが高く気の強い受けが多かった高原には、大人しくて健気なエリヤ君は、なかなか動かすのが難しい子でした。気をつけなければすぐに口が悪くて素直でない受け子を書いてしまう高原の手綱を、終始うまく取って下さった担当さまに感謝です。

それから題名に「黒猫紳士」とありますが、ＢＬ界では黒猫キャラがすでにたくさん描かれているので、マギウスはあえて真っ黒猫にしませんでした。最初から黒豹で登場させることも考えたのですが、さすがに可愛らしいティールームに大きな黒豹がごろーん、というのは、いくらファンタジーでも、絵としてちょっと異様すぎるなぁ、と考えまして、最初は可愛らしい半黒猫で登場し、やがて……という設定が誕生しました。結果的にイラストの古澤エノ先生にどちらの姿も流麗に描いていただけまして、今となってはおいしい設定だったなぁと思います。古澤先生、ありがとうございました。

ところで皆さま、「ハーブ」というものにどの程度関心がおありでしょうか。

実は不肖高原、長年の趣味のひとつが「ハーブ」でして、今この文章を書いている瞬間も、傍らにハーブティーのポットがあったりします。お茶以外にも様々な利用方法があり、詳しい解説をするには紙幅も知識も足りませんが、作中にも描いた通り、ハーブには確かな薬効があり、特に婦人科系とか不眠とかの「これ」という原因のない複合的な体調不良を抱えておられる方にはオススメです。

高原がちょっとした健康問題を何度も相談している京都市中京区の「ぷくすけ」さん（http://www.pukusuke.net/）は、店構えのテイストは変えているものの、今作に登場する「アップルブロッサム」のモデルにもなっておりますので、興味がおありの方は是非、アクセスしてみてくださいませ。店主の「ハーブ魔女」さまが懇切丁寧に相談に乗ってくださいます。通販もあり。

それでは末文ながら、皆さまの健康と幸多い生活をお祈りして。

ごきげんよう。

平成三十年十月末日　高原いちか

この本を読んでのご意見・ご感想をお寄せ下さい。

〒151-0051
東京都渋谷区千駄ヶ谷4-9-7
(株)幻冬舎コミックス　リンクス編集部
「高原いちか先生」係／「古澤エノ先生」係

リンクス ロマンス

黒猫紳士と癒しのハーブ使い

2018年10月31日　第1刷発行

著者……………高原いちか
発行人…………石原正康
発行元…………株式会社　幻冬舎コミックス
〒151-0051　東京都渋谷区千駄ヶ谷4-9-7
TEL 03-5411-6431（編集）
発売元…………株式会社　幻冬舎
〒151-0051　東京都渋谷区千駄ヶ谷4-9-7
TEL 03-5411-6222（営業）
振替00120-8-767643
印刷・製本所…株式会社　光邦
検印廃止

ISBN978-4-344-84331-8 C0293
Printed in Japan

幻冬舎コミックスホームページ　http://www.gentosha-comics.net